KEITAI
SHOUSETSU
BUNKO
SINCE 2009

この空の彼方にいるきみへ、

永遠の恋を捧ぐ。

涙 鳴

○ STARTS
スターツ出版株式会社

心が粉々に壊れそうだったあの日。
　差しのべられたきみの手の感触を、私は一生忘れない。

『きみは、俺の天使なんだ』

　きみの笑顔の裏にある真実を知ったとき。
　どれだけの孤独を抱えて、必死に隠してきたんだろうって泣きたくなった。

『ひとりで死ぬことが怖かった俺に、神様はきみという天使を連れてきて、最後に誰かを愛する心をくれた』

　最後だなんて言わないで、一緒に生きようよ。
　喉まで出かかった言葉は、いつも言葉にならない。
　だって、きみは……。
　あの空へ旅立つことを決めてしまっているから。

　ならせめて、きみの時間を最後の一瞬まで私にください。
　そうしたら私は、きみのそばで笑顔を絶やさずにいる。
　寂しいときは抱きしめてあげる。
　きみの望む天使になってみせるよ。

　だからどうか……私の中にもきみの存在を刻みつけて。
　泣いてばかりの弱虫な私に、最愛のキスをください。

contents.

◇Chapter 1◇

Episode 1：傷だらけの天使　　8

Episode 2：不思議な人　　35

Episode 3：王子様との同居生活　57

◇Chapter 2◇

Episode 4：果たされた約束　　92

Episode 5：
悲しみごと抱きしめて　　104

Episode 6：
きみの笑顔が見たいから　127

◇Chapter 3◇

Episode 7：
勇気をくれる魔法(まほう)の言葉　152

Episode 8：
涙(なみだ)のHappy Birthday　164

Episode 9：
世界一、幸せにしたい女の子　174

◇Chapter 4◇

Episode 10：
笑顔のHappy Birthday　184

Episode 11：秘密　199

Episode 12：
どんなときもそばにいるよ　213

◇Chapter 5◇

Episode 13：生きる理由　246

Episode 14：「また会おうね」　265

Episode 15：
傷だらけの天使へ最愛のキスを　276

◇文庫限定番外編◇

After story：
もし奇跡が起きたなら　288

あとがき　298

Chapter 1

Episode 1：傷だらけの天使

【美羽side】

すぐそばにあったはずの幸せは、簡単に壊れる。

その瞬間から、優しかったはずの世界は私に牙をむく。

私にとっての幸せは、家族だった。

だけど、今はその家族に苦しめられている。

「美羽、なんで酒が切れてるんだよ!! 俺は朝から晩まで働いて、お前を食わせてやってるんだ。それくらい気を利かせろ!」

怒鳴り声に肩をビクつかせて、台所からチラリとリビングを見る。

ソファに身を沈めているお父さんが、酒のビンを壁に投げつけながら、ヒステリックに叫んでいた。

「聞いてるのか、美羽!」

ボサボサの髪をかきあげながら、メガネ越しに返事をしない私をにらむ。

毎日毎日、もう嫌だよ。

今すぐこの家を出ていきたい、けど……。

「お、お父さん……お酒は帰りに買ってくるから、もう工場に行く時間だよ」

こんなお父さんを放っておけるわけがない。

だって、家族だから。

「うるせぇ! お前にあれこれ言われる筋合いはないんだ

よ、二度とその顔を見せるな！」
　恐ろしい剣幕でズカズカとこちらに歩み寄り、手を振りかざすお父さん。
　ギュッと目をつむると、その手は容赦なく私の頬に向かっておろされる。
　パシンッと乾いた音が部屋に響いた。
　たたかれた頬に熱が集まるのを感じながら、呆然としてしまう。
「聞いてるのか！」
「っ……うん、ごめんなさい……っ」
　怒鳴り声で我に返った私は、たたかれた頬を押さえながら頭をさげた。
　お父さんとふたりで暮らすようになって、２年の月日が経っている。
　私、叶野美羽は２ヶ月前に高校１年生になった。
　時間は流れていくのに、心は２年前に置き去りになったまま。
　お父さん……。
　どうして、こんなことになっちゃったのかな。
　お母さんが交通事故で亡くなるまでは、優しい人だったのに。
　仕事に対しても、真面目に向き合ってた。
　車の部品を製造する工場で働いていて、いかにも職人という感じの人だった。
　今も工場での仕事は続けているけれど、サボりがち。

朝からお酒を飲んでソファで寝てしまうから、寝過ごして遅刻してしまうことも多かった。
　家族3人で過ごした14年間は、幸せだった。
　けれど、事故があった2年前。
　私が中学2年生のときにお母さんが亡くなってから、お父さんはお酒ばかり飲んで暴力を振るうようになった。
　お母さんの死は、永遠に続くと思っていた家族の幸せをバラバラに砕いたんだ。
「お父さん……朝ご飯、ここに置いていくからね」
　テーブルに焼き魚とお味噌汁を運んで、エプロンを外す。
　お父さんは聞こえているのか、いないのか。
　お酒の瓶に口をつけながらテレビを見ていた。
　炊事、洗濯、掃除。
　お父さんとふたりで暮らすようになってから、お母さんの代わりにできることはなんでも必死にやってきた。
　だけど、お父さんが私を見ることはない。
「……いってきます」
「…………」
　今日も返事はない。
　わかっていても毎日忘れずにそう言ってから、高校へ向かう。
　私は、突然大切な人がいなくなる悲しみを知っている。
　お母さんが亡くなった日のこと。
　私は眠っていて、仕事に出かけるお母さんに『いってらっしゃい』を言えなかった。

それをずっと後悔してる。

だからこそ、毎日お父さんへのあいさつは欠かさないようにしていた。

あのとき、こうすればよかったって後悔しないように。

伝えたいことは、ちゃんと伝えるようにしよう。

そう決めたから。

「あぁ、いい青空」

家を出れば、晴れて澄みわたるクリアブルーの空に目を奪われる。

梅雨まっただ中の6月にしては、めずらしい快晴だった。

私はブラウンがかった長い天然パーマの髪を、手でなでつける。

この色素の薄さは母親譲りで、クセっ毛は父親譲りだ。

湿気が強い日は、これがさらにクルクルになって大変だから、今日は晴れてよかったな。

どんなに嫌なことがあっても明日は必ず来るし、家から徒歩で20分もかかる学校にも行かなくちゃいけない。

今日もお父さんは相変わらずだったけど、不思議と気分は軽い。

きっと、晴れた空や髪の調子がいいおかげだ。

「おはよ、美羽」

1年B組の教室へ入ると、赤茶色のベリーショートの女の子が私に向かって軽く手を挙げた。

私は自分の席がある窓際まで歩いていくと、その前に座る彼女に声をかける。

「おはよう真琴ちゃん、いつも朝練お疲れさま」
 宮木真琴ちゃんは陸上部で短距離走をしている。
 入学してまだ２ヶ月だというのに、その足の速さを買われて、７月にある大会の選抜メンバーに選ばれたのだとか。
 早くも短距離走のエースとして、活躍している。
 真琴ちゃんとは中学からの付き合いで、私にとって自慢の親友だ。
 お父さんにたたかれたときにできた私の体のあざに気づいて、声をかけてくれたのがきっかけだった。
 この学校で彼女だけは、私が父から暴力を受けていることを知っている。
「あんがと、美羽。……で、その頬どうした？」
 真琴ちゃんは椅子をこちらに向けて座りなおした。
 私の頬が赤いことに気づいたんだ。
「えっと……ごめんね、いつもの」
 私は苦笑しながら、自分の席に腰をおろして自分の頬に手を当てる。
 なんとなく、見られるのがはずかしかった。
 事情を知っているとはいえ、こんなの見て気持ちのいいものじゃない。
 それに、これ以上真琴ちゃんに心配をかけたくなかった。
「また、親父さんか……」
 表情を曇らせた真琴ちゃんに、あわてて笑顔をつくろう。
「で、でも、まだマシな方だから！　それにね、今日はいつもより気分がいいんだ」

「なんで？」
　首を傾げて、きょとんとする彼女。
　いつも私を心配してくれる、優しくて男らしい性格の真琴ちゃんは、女の私でも惚れ惚れするほどカッコいい。
「うん、今日は天気がいいから……」
「天気のおかげかい。ホント、美羽はほんわかしてるな」
「真琴ちゃんが彼氏だったらいいのに」
「急になんだよ、うちは女だっつの」
　苦笑いの真琴ちゃんに、コツンと頭を小突かれる。
　何度見ても親友がカッコよく見えるのは、なんでなのかなぁ。
　そう思っているのは私だけじゃないらしく、校内には真琴ちゃんファンの女子が多かったりする。
「なぁ美羽、昼はどこで食う？」
「うーん、そうだなぁ……」
　お昼は毎日、真琴ちゃんと食べている。
　ちなみに私からお願いして、ときどき真琴ちゃんの分もお弁当を作らせてもらっていた。
　誰かにおいしいって言って食べてもらえるのが、うれしかったから。
「今日は裏庭で食べない？」
　こんなに天気がいいんだもん。
　お昼はピクニック気分で、外に決まりだよ。
「おう、わかった」
　真琴ちゃんが男らしい口調でうなずく。

そこでホームルーム開始の鐘が鳴り、私たちは黒板の方を向いた。
「来月には期末テストがある。ちゃんと勉強すること、いいな？」
　あと1ヶ月で夏休みかぁ。
　担任の先生の言葉をどこか遠くに聞きながら、窓の外へ視線を向ける。
　……学校は好き。
　家にいるよりは、ずっと楽しいから。
　学校で真琴ちゃんと話しているとき、なにかに集中している間は辛いことも忘れられた。
　あの家は息が詰まる。
　大好きだったお父さんとお母さんは、もういない。
　お父さんがくれるのは愛情じゃなくて、痛みと傷だけ。
　私はいつも、歪な家族の繋がりに孤独を感じている。
　好きだけど、愛してるけど、そばにいるほど悲しくなる。
　気づけば、あの家から逃げる方法を探していた。
　それでも、離れられずにいるのは……。
　どんなに暴力を振るわれても、お母さんが亡くなった今、お父さんは私の唯一の肉親だからなんだと思う。

　昼休み、真琴ちゃんと一緒に中庭のベンチに座った。
　ここは池とその中を泳ぐ鯉がいるくらいで殺風景だからか、生徒があまり寄りつかない。
　いわゆる穴場スポットなのだ。

「今日も誰もいないね。天気がいい日は、外で食べた方が絶対においしいのに」

　学校でピクニックなんて、わくわくする。

　外ってだけで、いつもとちがう空気を味わえるし。

　スクールバッグからお弁当を取りだしていると、真琴ちゃんがウズウズした様子で中をのぞきこんできた。

「美羽、早く弁当食べたい」

「あ、うん！　どうぞどうぞ！」

　私はお弁当箱をカパリと開けて、真琴ちゃんの顔の前にズイッと差しだす。

　今日はだし巻き卵に鮭(さけ)、ひじきと大根の煮物(にもの)、桜えびと大豆の水煮だ。

「美羽、これお重？」

「あぁ、うん！　真琴ちゃんにいっぱい食べてもらいたくて……ちなみにお赤飯もあるよ」

「…………」

　ポカンとする真琴ちゃんに、ちょっとはりきりすぎちゃったかなと反省する。

　だって、真琴ちゃんは本当においしそうに食べてくれるんだもん。

　作りがいがあるから、ついつい品数も増える。

　お父さんは、気が向いたときじゃないと私の作ったご飯を食べてくれないから。

　せっかく作った料理がゴミ箱行きになるのは、日常茶飯事だった。

お父さん、朝ご飯食べてくれたかな？
　いつもお酒とおつまみしか食べないから、体が心配だよ。
「ん、うまし」
　真琴ちゃんはモグモグと口を動かして、グッドと親指を立てて見せる。
「へへっ、よかった」
　彼女の食べっぷりに、満足しているときだった。
　バタバタと複数の足音と話し声が聞こえて、真琴ちゃんと一緒に視線を向ける。
「どこ行っちゃったんだろう、棗くん！」
「こっちの方に行ったと思ったんだけどなぁ」
　何人もの女子生徒が、ピクニックをしている私たちの前を通過していく。
「棗くんって、誰？」
　普段なら生徒の寄りつかない中庭に、めずらしいなと思いながらつぶやく。
「たぶん、須々木棗先輩のことじゃない？」
　須々木棗先輩……？
　聞いたことのない名前のはずなのに。
　聞いたことがあるような気がするのは、なんでだろう。
　ふと『美羽さん……』という声が聞こえた気がした。
　知らない低音の声で紡がれる自分の名前。
　この声を知っている気がする。
　……なんて、いつか見た夢と混同してるのかな。
　そうにちがいないと頭を横に振り、気を取りなおして尋

ねる。
「真琴ちゃんの知り合い?」
　だし巻き卵を箸でつかんだ真琴ちゃんは、あきれたという風に肩をすぼめた。
「なぜそうなる。棗先輩のことは、みんな知ってるでしょ」
「へ、なんで?」
　私は知らないけど、そんなに有名な人なの?
　首をひねっている私を見た真琴ちゃんは、苦笑しながら教えてくれる。
「なんか、イケメン王子で有名らしいぞ。女子生徒はみんな夢中なんだと」
「へぇー、そうなんだ」
　知らなかったなぁ……。
　聞き覚えがあると思ったのは、女子が噂しているのを耳にはさんだからなのかも。
　それにしても……。
　あんなに追いかけられるほど人気だなんて、ちょっぴり大変そう。
　なんて他人事のように思いながら、私もだし巻き卵を口に運ぶ。
「んー、ふっくらさが足りない……?」
「美羽は興味ないわけ?」
　今日のだし巻き卵の出来について考えていると、真琴ちゃんは不思議そうに聞いてくる。
「え? だって、真琴ちゃんの方がカッコいいよ」

「なんでそうなる」
　額に手を当てる真琴ちゃんに、私はクスリと笑った。
　棗先輩がどれだけカッコいいのかは、会ったことがないからわからないけど……。
　親友がいちばんであることには変わりない。
　私の中では不動の１位だ。
「優しくて強い真琴ちゃんが、私の推しメンだもん」
「はいはい……あんがとね」
　ぶっきらぼうな口調ではあるけど、やっぱり真琴ちゃんと話してるとホッとする。
　照れくさそうにお弁当を食べる親友を見つめて、胸が温かくなった。
「卵、十分ふわふわだって。うまいよ美羽」
「うれしい、ありがとう」
　まるで恋人みたいな会話を親友と繰り広げながら、こんな穏やかな時間がずっと続けばいいのに……と、心の中で願った。

「ただいま……」
　家に帰ると、夕日が差しこむリビングのソファで、いびきを立てながら寝ているお父さんの姿を見つけた。
　お父さん……仕事、ちゃんと行ったのかな。
　気になったけど、そんなことを聞いたらたたかれる。
　それが怖くて立ちつくしていると、無性に虚しくなって、ついひとり言がこぼれる。

「私じゃ……お父さんを元気にしてあげられない?」

お父さんの愛したお母さんには、どうしたってなれない。

でも、おかしくなってしまったお父さんのために、なにかしたかったから。

お母さんの代わりに、家事をがんばってきた。

だけどお父さんは、私を見てはくれない。

娘なのに、どうして……。

あんなに、冷たい目で私を見られるんだろう。

また、沈みそうになる心。

それを振り払うように頭を左右に振って、周りを見渡す。

「ブランケット、あったかな……」

そういえば朝、椅子の上に畳んで置いたんだった。

それを思い出した私は、お父さんを起こさないように静かに、ダイニングテーブルの方へ歩いていく。

ブランケットを手に取ると、お父さんにかけてあげた。

その瞬間……。

「さわるな‼」

目を開けたお父さんは、勢いよく私の体を押しのけた。

「きゃっ」

突然のことで受け身も取れず、私は尻もちをつく。

「いったた……」

すると、床に落ちていたビンの破片が右手に切り傷を作った。

これ……朝、お父さんが投げたお酒のビンの破片だ。

この上に落ちちゃうとか、本当についてない。

ポタポタとフローリングに落ちる血を、どこか他人事のように見ていると……。
「お前がっ、聖子の代わりに死ねばよかったんだ‼」
　お父さんは私を恨めしそうに見つめて、近くにあった酒ビンを手に取る。
「い、嫌っ……やめて、お父さんっ」
「お前の顔を見てると、嫌でも聖子を思い出す。お前さえいなければ、こんなに苦しい思いをしなくて済むのに」
「来ないでっ」
　後ずさりながら、鬼の形相でにじり寄ってくるお父さんを見つめる。
　まさか……それで私を殺すの？
　お父さん、私はお父さんの娘なのに……。
　なのに、お母さんよりも私が死ねばよかったなんて、そう思ってたんだ。
「私はお父さんの……なに？」
　お父さんのそばにいると、自分が何者なのかがわからなくなる。
　娘なのか、ただの家政婦なのか。
　それとも、いらだちを解消するためのはけ口でしかないのか。
「お前は、疫病神だよ」
　息が止まるほどの鋭い痛みが胸を襲った。
　物理的な手の傷の痛みよりも、心がえぐられる痛みの方が、よっぽど大きいんだ。

私は胸を押さえて、すがるようにお父さんを見る。
「お父さん……」
　お願い、嫌わないで。
　昔みたいに、世界でいちばん大切な娘だよって言って。
　それだけでいいの。
　その一言が聞けたら、お父さんがまた笑ってくれるように、お母さんの分までがんばるから。
　静かに、涙が頬を伝った。
　お父さんに必要とされなかったら、私のしてきたこと全部、無駄になっちゃう。
　そうしたら、私のいる意味がなくなっちゃう。
「なら、どうすればお父さんは満足する？　私、疫病神にならないようにがんばるからっ」
　ただ、家族として認めてほしかっただけ。
　お母さんがいなくなっちゃって辛いけど、お父さんがいてくれるから、私はひとりにならずに済んだ。
　だから私は、ふたりで支え合って生きていきたい。
　だけどお父さんは、同じ気持ちじゃないってこと？
「お前なんて、必要ないんだよ!!」
「やっ……」
　振りおろされる酒ビンから、必死に逃げる。
　お父さんは本気で、私を殺そうとしてるんだ。
　逃げなきゃっ。
　足もとに置いていたスクールバッグの持ち手をつかむと、リビングの扉に向かってダッシュした。

そのうしろでガッシャーンッとビンが割れる音がする。
近づいてくる足音に心臓(しんぞう)が早鐘を打っていた。
足を止めたらだめだ！
私は無我夢中で玄関まで走り、制服姿のまま家を飛び出した。

「はぁっ、はっ……ううっ」
一度も足を止めることなく学校近くの公園まで逃げてきた私は、その場に崩(くず)れおちる。
夕方だからか、遊んでいる子供の姿もない。
私は公園の地べたに座りこんで、途方(とほう)に暮れる。
ついに、お父さんから言われちゃった。
もう、私はいらないって。
お父さんに必要とされたくて、がんばってきたのに。
なら私は、どこへ帰ればいいのだろう。
「ううっ……ふっ……」
バカみたいっ、本当にバカっ。
私ががんばれば、お母さんの代わりになれれば、また前みたいに幸せな家族に戻(もど)れるって信じて疑わなかった。
優しいお父さんに、戻ってくれると思ってたのに。
全部、私の叶(かな)わぬ妄想(もうそう)だった。
現実はそんなに甘(あま)くない。
「私はもう、必要ないんだ……」
人目も気にせず、泣きじゃくる。
ここにいても、泣いててもしかたないのに……。

立ちあがることができない。

そもそも立ちあがったところで、私はどこに向かって歩いていけばいいのだろう。

家に帰る？

そう考えてすぐに蘇るのは、お父さんの言葉。

『お前が死ねばよかった』

『お前なんて必要ない』

ううん、あんなこと言われたのに帰れるわけない。

私、ひとりぼっちになっちゃった……。

どこにも行けず、捨てられたゴミのようにその場に座る。

ときどき通行人がこちらを見ていたけど、今は人の目も気にならない。

すべてが、どうでもよくなってしまった。

どのくらいの時間が経ったのだろう。

ふと、空を見あげる。

夕暮れはどこへ行ったのか、冷たく暗い夜の闇が目の前に広がっていた。

「あ……」

座りこんだまま、ぼんやりと周りを見渡していると。

ふと目の前にある公園のゴミ箱に、目をとめる。

「はは……捨てられちゃった私にぴったりじゃん」

お父さんからしたら、私もゴミも変わらないんだろうな。

もしかしたら、それ以上に必要のないものなのかも。

自嘲的に笑えば、やっぱり胸がズキズキと痛んだ。

「ぴったりって、なんのこと？」

積み重なるようにして捨てられているゴミを見つめていると、どこからか声が聞こえた。
「私も捨てられちゃったから、ゴミ箱に親近感が湧いたっていう意味で……ん?」
　そこでようやく違和感に気づいた。
　あれ、私は誰と話してるんだっけ?
　さっきまで、ひとりだったはず。
　私はとまどうあまり思考がうまく働かず、固まる。
　……気のせいだったのかも。
　そう自分の気持ちを落ちつかせようとしたとき。
「ふぅん、そっか。捨てられちゃったんだ?」
　声の主は困惑している私に、おかまいなしに話しかけてくる。
　やっぱり、気のせいじゃない!
　誰なの……?
　おそるおそる顔をあげると、月光に照らされた男の子の笑顔があった。
　まるで、夜空から生まれたかのような黒曜の瞳と髪。
「わぁ……」
　あまりの美しさに目を奪われる。
　綺麗な人だなぁ……。
　マヌケにも口を開けたまま、見つめていると。
「まいったな。そんなに見られると、照れる」
「…………」
　頭をかきながら、照れくさそうに微笑む男の子。

その姿から、視線が外せない。
　180cmは余裕で超えていそうな長身の彼は、目線を合わせるように膝を折って私に話しかけてくれている。
　さりげない気遣いに、この人の優しさを感じた。
　スラッとした手足、これでもかっていうほどに整った目や鼻、顔のパーツの配置。
　スタイルも抜群だし、モデルさんみたいだな。
「あの、あなたは誰……？」
　もう一度、尋ねてみる。
「俺はきみと同じ学校に通ってるんだ。学年は3年だから、先輩になるかな」
　先輩になるかなって……。
　なんで私が、後輩だってわかったんだろう。
　それに同じ学校って……本当だ。
　この人も私と同じ制服を着てる。
　でも、学校では見かけたことがない気がする。
　こんなにカッコいい人が校内にいたら覚えてそうなものだけど……。
　というか、いつからそばにいたんだろう。
　って、そんなことより！
　私、泣きすぎて顔が大変なことになってるはず。
　こんなみっともないところ見られちゃって、どうしよう。
　頭の中でパニックを起こしていると、男の子はニコリとさわやかに笑った。
「よければ、話してくれないかな」

「え？」
　男の子は私の目の前にしゃがみこむと、頬にある涙の跡(あと)を親指でなぞるようにしてたどる。
　わっ……さ、さわられた。
　トクンッと高鳴る鼓動(こどう)。
　先輩って、絵本の中から飛び出してきた王子様みたい。
　見つめられただけで、息ができないほどドキドキする。
「えっと私、は……」
　鼓動が聞こえないようにと、深呼吸をした。
　それにしても、温かい手だなぁ。
　彼の体温が私の傷ついた心に、じんわりと染みわたっていくようで心地いい。
「知りたいんだ、きみのこと」
「なんで……」
　私の話なんか聞いても、きっと楽しくない。
　なんで先輩は同じ学校とはいえ、接点もない私のことなんか知りたがるんだろう。
　それが不思議で、首を傾げる。
　すると彼は、「あ！」とひらめいたような声を発した。
「先輩、どうしたんですか？」
「自己紹介(しょうかい)がまだだったね」
「……は、はぁ」
　なんだか、マイペースな人だなぁ。
　そんな彼のペースに、気づいたら私も巻きこまれてる。
　それが不思議と不快じゃないんだ。

嫌なことを考える時間もないくらい、会ったばかりのきみに興味を惹かれているから。
「俺は須々木棗。きみは叶野美羽さんだね」
「えっ、どうして私の名前を？」
　学校で会ったことはない……はず。
　話したこともないし、先輩に名前を知られるほど勉強やスポーツが得意なわけでもない。
　なのに、なんで私のことを知ってるの？
「きみのことは……忘れないよ。それより、話してくれる？」
「あ、はい……」
　なんだか、うまくはぐらかされちゃった気がする。
　やっぱり、会ったことがあるのかな？
　こんな綺麗な顔と一度でも会っていたら、絶対に忘れるはずないと思うんだけど。
「えっと……私の母が交通事故で亡くなってから、あまり父とうまくいってなくて……」
　私、どうしてこんなこと話しちゃってるんだろう。
　重いって思われたくないから、学校でも必死に隠してきたのに。
　今日出会ったばかりの先輩に、ペラペラしゃべってる。
　先輩のまとう優しい空気のせいかな。
　張りつめていたはずの気が、ゆるんでしまうみたいだ。
「美羽さん、それで？」
「そ、それで……今日ついに、お前なんか必要ないって断言されちゃって……。行き場もないのに、家を出てきてし

まいました」
　暴力のことは、なんとなく話せなかった。
　というより、知られたくなかったんだ。
　かわいそうな子、そんな同情なんて欲しくないから。
「……そうか、大変な思いでここまで来たんだね」
　そう言って先輩は、私の右手を取った。
「それで、この傷はどうやったらできるのかな」
「あっ……えっと……」
　忘れてた、ケガしてたこと。
　ここまで逃げてくるのに必死だったから。
　傷を隠すこともせずに、普通に先輩と話してた。
　どうしよう、なんてごまかせば……。
　頭をフル回転させて言いわけを考えてみる。
　でも、いい案は浮（う）かばない。
　答えに困った私は、視線をさまよわせてしまった。
　だけど先輩は容赦なく、じっと見つめてくる。
「美羽さんは単刀直入に聞かないと、本心を隠してしまうみたいだ」
「うっ……えっと……」
　そのとおりかもしれない。
　だけど……知られるのが怖い。
　かわいそうな子だって、思われたくない。
　その瞬間から、私はみんなより劣（おと）っている価値のない存在になってしまうような気がして怖いんだ。
「きみのことを聞かせて？　俺はなにを知っても、味方だ

から」
　先輩の声音や触れる手は、私をいたわろうとしてくれている。
　この人の瞳は、私をまっすぐに見つめてくれている。
　明確な理由なんてない
　ただ、直感で思ったんだ。
　この人なら信じられるって。
「じつは……お父さんに暴力を振るわれてて……」
　こんな話を聞いて、先輩はどう思うのかな。
　不安になりながら、彼の言葉をじっと待つ。
「……そうか、痛かっただろう」
　そう言って先輩はハンカチを取りだすと、私の右手に器用に巻いてくれる。
　先輩は、「かわいそうに」という同情や「辛かったね」という上辺だけのなぐさめの言葉は口にしなかった。
　さりげなく心に寄りそうように、手当てをしてくれる。
　手の傷だけでなく、心の傷も癒やされていくような優しい手つきだった。
「あ……うぅっ……」
　その優しさに、心打たれた。
　必死にこらえていた辛さがブワッとこみあげてきて、涙となって溢れ出る。
　漏れそうになる嗚咽をこらえようと唇を噛んだ。
「我慢しなくていい」
　先輩は私の唇を人差し指でなでた。

"我慢しなくていい"の一言で、唇を噛むのをやめる。
「美羽さん、泣いてもいいから」
「あっ……」
"泣いてもいい"。その言葉に、涙は止まらなくなった。
頬を伝って、何度も地面に黒い染みを作る。
「先輩っ、ごめんなさいっ……」
目の前でみっともなく泣いたりして。
こんなつもりじゃなかった。
いつもなら、笑ってごまかせるのに……。
「ううっ、あああっ」
"強がらなくていいよ"と言われているみたいで、声をあげて泣いてしまった。
「ごめんなさいより、ありがとうがいい。俺、きみにそう言われるだけでうれしいから」
先輩は私の頭をポンポンとなでる。
どうして……そんなに優しくしてくれるの？
理由はわからないけど、今は甘えてもいいかな？
私、こんな風に誰かに受けとめてほしかったのかも。
家族とわかり合えない辛さ、素直に頼れない苦しさ。
それらを全部、思いっきり泣いて吐きだしたかったんだ。
「先輩……ありがとう、ございますっ」
「それでいいんだ、美羽さん」
泣いている私を、先輩は優しく抱きしめてくれる。
守るように包んでくれるその腕に甘えて、私はひたすら泣いた。

胸の中にあった、いくつもの想い。
　お父さんに、娘として愛されたい。
　昔みたいに笑い声で溢れた家族に戻りたい。
　お父さんに"お前"じゃなくて"美羽"って呼ばれたい。
　家族として一緒に、これからを生きていきたいよ。
　何度ものみこんだ言葉たちが、涙となって、嗚咽となって吐きだされていく。
　するとなぜか、心がスッと軽くなっていく気がした。

　たくさん泣いて、やっと涙が止まった頃。
　私は先輩の腕の中で、頭を悩ませていた。
　どうしよう……。
　こんなに泣いちゃって、今さらだけどはずかしい。
　なんて言って、離れたらいいのかわからない。
　男の子に抱きしめられて泣くなんて、自分でも大胆な行動だと思う。
　でも、さっきは辛すぎて……。
　後先なんて、考えられなかったんだ。
「うぅ、どうしよう……」
　思わず声に出してしまう。
　そんな私に、先輩はフッと笑い声を漏らす。
「もう大丈夫そうだね」
　緊張している私に気づいたらしい。
　先輩はクスクス笑って、私をその腕から解放した。
「あっ、ご、ごめ……ありがとうございました」

ごめんより、ありがとうがいい。
　そう言われたのを思い出して、あわてて言いかえる。
「どういたしまして」
　先輩は優しい眼差しで私を見つめていた。
　その視線がくすぐったくて、そっと目をそらす。
　すると、先輩がスクッと立ちあがった。
「先輩？」
「そろそろ、帰ろっか」
　私が見あげると、彼はふわっと花が咲くみたいに笑う。
　あ……そうだよね。
　ずっと引きとめてたら迷惑だ。
　だけど……ひとりになるのは寂しいな。
　まだそばにいてほしいなんて言ったら、先輩は困る？
　やっぱりだめ……だよね。
　あぁ、こんな寂しい気持ちになるなら、はずかしくても先輩の腕の中に居座っていればよかった。
　今はまだ、ひとりになんてなりたくない。
　そんな気持ちで先輩を見あげていると、子供を安心させるような温かい目を向けられる。
「そんな迷子みたいな顔をしないで、美羽さん。大丈夫だよ」
「え……？」
　なにが大丈夫なんだろう。
　というか私、迷子みたいな顔してたんだ。
　私ってば、先輩の前で気を抜きすぎ。
　胸を借りて大泣きするわ、重い身の上話をしだすわ、甘

えすぎだよね。
　こんなに自分の気持ちを隠せないこと、あったかな？
　先輩の前で強がりは無意味なんだと知る。
「美羽さんさえよければ、うちで一緒に暮らさない？」
「はい？」
　私に手を差しのべて、微笑む先輩。
　聞きまちがいかと思って、私はもう一度聞き返すことにした。
「……い、今なんて……？」
「俺と一緒に暮らしてくれるかな？」
「しょ、正気ですか……先輩」
「ははっ、正気じゃなかったらこんなこと言わないよ」
　いえ、その逆ですよ先輩っ。
　正気じゃないから、いくら同じ学校の生徒といえど見知らぬ女子高生を居候に誘うんです！
　とても正気の沙汰とは思えないよ……。
　先輩って、優しすぎて人にだまされやすそう。
　この壺の水を飲めば空を飛べますよ的な悪徳商法とか、引っかかってないかな。
　心配になってきちゃったよ……。
「大丈夫、家に泊めてどうこうするとか、きみを傷つけることはしない。だから、俺のところへおいで」
　そっちの心配はわりとしてない。
　不思議なんだけど、人を傷つけるような人じゃないって確信できる。

先輩なら大丈夫だって、根拠のない安心感があるんだ。
　他に行く場所も見つからないし、先輩がいいならそばにいたいけど……。
　ご家族もいるだろうし、さすがにお邪魔するわけにはいかないよ。
「あの、それはさすがに……」
　できません、そう答えようとしたのだけれど。
「気を遣ってる？　俺がいいって言ってるんだから、美羽さんが本当に困っているなら頼ってほしい」
　私の言葉を先輩がさえぎった。
「いや、でも……」
　先輩はよくても、ご家族はよく思わないだろうし……。
「迷惑じゃないですか？」
「全然、美羽さんなら大歓迎だよ」
　大歓迎って……。
　私がいたら、余分に生活費もかかっちゃうでしょう？
　そんな私の険しい顔に気づいてか、先輩は安心させるようにふわっと微笑んだ。
「なにも心配いらないから、俺を信じて」
「先輩……はい」
　その言葉に背中を押されて、差しだされた先輩の手におそるおそる自分の手を重ねる。
　雲がかかった月が、夜風で顔を出すように。
　強く、だけど優しく握り返してくれるきみの手に、迷いが晴れるようだった。

Episode 2：不思議な人

【美羽side】
「お邪魔します」
　先輩に連れられてやってきたのは、学校のすぐ近くにあるマンションの一室。
　家族で住むには狭い気がするけど、本当に私がお邪魔していいのかな？
　迷惑じゃないかな。
　不安を抱えながら、先輩の背に続いてリビングに入る。
　部屋を見渡せば、ベッドや冷蔵庫などの家財はモノトーンで統一されていて、男の部屋って感じだ。
「どうぞ、俺しかいないから気を遣わなくていいよ」
「え、須々木先輩しかいないんですか!?」
　あ、ご家族は出かけているのかもしれない。
　って……はっ！
　ということは、先輩とふたりきり……。
　それって、ものすごくマズイのでは？
　彼女でもないのに、男の子の部屋にあがりこむなんてハレンチすぎる。
「あの、ご、ご両親は……」
「あぁ……数ヶ月だけ、ひとり暮らしをさせてもらってるんだ」
　え、高校生なのにひとり暮らし!?

家族は出かけているんじゃなかったんだ。
「えっと……それは社会勉強的な感じですか？」
　先輩は来年、卒業だもんね。
　遠くの大学に行くなり、就職するなり、いろんな事情があるんだろう。
　いきなり実家を出るのは勇気がいるし、予行練習のようなものなのかな。
「うん、そんな感じ。まぁ、すぐに終わっちゃうと思うんだけど、それまできみをお父さんから守るから」
「先輩……」
「本当はずっと、きみを家に置いてあげたいんだけどね」
　そう言った先輩の顔には、陰りが見える。
　もしかして……。
　私をずっと居候させられないことを申しわけないって、思ってるのかな。
　先輩が悪いわけじゃないのに。
「ずっとだなんて、そこまでご迷惑をおかけできません！　こうして少しの間、泊めてもらえるだけでありがたいですから」
　いらぬ心配をかけたくなくて、そう言ったのだけれど、先輩は曖昧に微笑むだけだった。
　気のせいかもしれないけど……。
　なにか悩みがあるのかな？
　私に申しわけないって思ってるというより、他に気になっていることがあるように見えたのだ。

それなら、私の心配より自分のことを優先してほしい。
「ほら、美羽さん、こっちに座って」
「あ、はい……」
　話を打ちきるようにして彼は私の肩を押すと、そのままソファに座らせた。
　先輩は、なにかを隠してる。
　だけど、追及しちゃだめだよね。
　話をそらそうとしてるのは明白だから、これ以上は話す気がないってことだ。
「それにしても……」
　私は室内をあらためて見渡した。
　家族で住むには狭いと思ってたけれど、まさか先輩ひとりだったとは……。
　ひとり暮らしにしては広いワンルームは綺麗に整頓されていて、物ひとつ落ちてない。
　もしかして先輩、綺麗好き？
　私がソファでくつろいでいると、先輩は冷蔵庫から缶ジュースを出してくれた。
「ごめん、こんな物しかなくて」
「あ、いえ！　おかまいなく……。須々木先輩の家に居候させてもらうだけでも、迷惑かけちゃってるのに……」
　本当に、図々しいったらないよ。
　しかも、同じ高校の先輩の家だなんて……。
　冷静に考えると、とんでもないことしてるよね。
　今さら後悔しだす私の隣に、先輩は腰をおろす。

そして、自分の分の缶ジュースの蓋をプシュッと開けながら、「その……」とためらいがちに声をかけてきた。
　なんだろう、なにか粗相をしてしまった？
　自分の行動を振り返っていると、先輩が口を開く。
「一緒に暮らすわけだし……須々木先輩はやめない？」
　缶の飲み口に唇を当てたまま話すから、少しだけくぐもって聞こえた声。
　でも、ちゃんと聞こえた。
　先輩はよそよそしいって、言いたいのかな？
　だけど相手は上級生だし、あまり馴れ馴れしいのも失礼な気がする。
　じゃあ、私は先輩をなんて呼べば……。
「俺のことは、棗でいいよ」
「な、棗……ですか？」
　私の心の声に返事をくれた彼は、なかなかハードルの高いお願いをしてきた。
「俺も、美羽って呼ぶから」
　せ、先輩を呼び捨てですか？
　それは、恐れ多すぎるよっ。
　あわあわしながら、私は先輩の方へ身を乗りだす。
「あの、せめて……棗先輩ではだめでしょうか？」
「先輩って、なんかよそよそしい」
　しょんぼりする棗先輩に、「はうっ」とうめいてしまう。
　だって、捨てられた子犬みたいな顔するんだもん。
　うーん、どうしよう！

はずかしすぎるけど、せっかく名前で呼んでほしいって言ってくれてるんだし……。
　自分の羞恥心と格闘したあげく、私は意を決する。
「えっと……では、棗くんでどうでしょうか」
「うーん、合格ラインかなぁ」
　いたずらに笑う棗くんに、私もつられて笑う。
　あ……。
　私、こんな状況でも笑えてる。
　でもそれって、私がひとりじゃないからなんだよね。
　残してきたお父さんのことは、もちろん気がかりだ。
　必要ないって言われたときの胸の痛みは消えないし、まだ心の傷が癒えたわけじゃない。
　でも、今は居場所があるから心細くないんだ。
　棗くん、私のそばにいてくれてありがとう。
　恩人の横顔をじっと見つめると、心の中でお礼をした。
　それにしても、棗かぁ。
　その名前……。
「どっかで聞いたことあるんだよなぁ」
　わりと最近、というか今日聞いたような……。
　えっと、どこでだったかな。
　若いのにすでに物忘れが激しい頭で、記憶の糸をたぐり寄せる。
「どうしたの、美羽？」
「あ、はい……。私、どこかで棗くんの名前を聞いたことがあるような気がして……」

彼の顔をまじまじと見つめてみるけれど、思い出せない。
「もしかして、覚えててくれたの？」
　棗くんは驚きと期待に満ちた瞳で私を見る。
　前にも会ったことがあるみたいな言い方だな。
　そのとき、ふと、『棗くんって、誰？』という声が頭の中で蘇る。
　たしか、私がそう聞いたんだ。
　そう、あれは真琴ちゃんとお昼を食べていたとき。
　それで、真琴ちゃんは『たぶん、須々木棗先輩のことじゃない？』って教えてくれて……。
　しかも、『なんか、イケメン王子で有名らしいぞ。女子生徒はみんな夢中なんだと』とか言ってなかった？
　はっ、そうだ！
　学校の王子様、イコール棗くん。
　驚愕の事実に気づいた私は、全身にダラダラと冷や汗をかく。
「大変です、棗くん……」
「え、どうしたの？　というか、顔色悪いけど大丈夫？」
　棗くんが心配そうに私の顔をのぞきこんでくる。
　これは……一大事だ。
　なんで、名前を聞いたときに気がつかなかったんだろう。
　顔を知らなかったというのもあるけど、私って噂に疎いんだよね。
　誰が誰と付き合ってるとか、学校では結構有名な話も知らなかったりする。

「王子様だったんですね、棗くん。そんな素晴らしい人と一緒に暮らすなんて……絶対に殺される！」

おもに、うちの学校の女子生徒に！

棗くんを血眼になって探す女子生徒の姿を思い出して、背筋が凍った。

そんな私に彼は目を点にすると、すぐにブッと吹きだす。

「ははっ、それで悩んでたんだ？　ぷっくく……美羽は表情がコロコロ変わっておもしろいな」

「えっと……棗くん？　笑いごとじゃないですよ」

私の明日からの学校生活が、おぞましいものになるかもしれないのに！

ぷっくりと頬をふくらませる私に、彼は目を細める。

「大丈夫だよ」

棗くんは優しく笑って、私の頭に手をのせた。

なんでなんだろう。

棗くんの"大丈夫"って、どうしてこんなにも私を安心させるんだろう。

まるで……魔法の言葉みたいだ。

「もし美羽がイジメられることがあったら、俺が守るから。そのときは絶対に言うこと。約束ね？」

「棗くん……」

小指を立てて差しだしてくる棗くん。

私はそこに自分の指を絡めて、指切りをした。

この人はきっと、約束を破らない人だ。

向けられる眼差しのまっすぐさ、透き通る瞳の純真さ、

言葉ひとつひとつの真摯さから伝わってくる。
　今日初めて言葉を交わしたのに、不思議とそう思えた。
「やっぱり、忘れてるよな」
　ぽつりと、棗くんは残念そうにつぶやく。
「え？」
　忘れるって、なんのことだろう。
　きょとんとしていると、棗くんはごまかすように笑う。
「そうだ美羽、お腹空いてない？」
「あ、そういえば……」
　部屋の壁にかけられていた時計を見れば、針は午後7時半を指している。
　まだ、夕飯食べてないんだった。
　思い出したとたん、グゥ……とお腹の虫が鳴く。
　あわててお腹を押さえれば、ニコニコした棗くんと目が合った。
「わっ、ごめんなさいっ！」
　わあーっ、顔が熱い。
　棗くんには、はずかしいところばっかり見られてる。
「ははっ、気にしないでいいよ。って言っても……うち、カップ麺しかなくって」
　そう言って台所へ歩いていく棗くんのあとを追いかけると、冷蔵庫にはカップ麺がぎっしり詰まっていた。
「えっと、なんで冷蔵庫にカップ麺？」
　呆然と冷蔵庫に納まるカップ麺を見つめる。
　カップ麺はよしとして……。

どうして冷蔵庫に入れてるんだろう。
あ、見栄えを気にしてるとかかな。
冷蔵庫に入れれば外から見えないし……。
って、そんなまさか。
自分で自分にツッコミを入れていると、きょとんとした顔で棗くんが私を振り返る。
「え、カップ麺って冷蔵庫に入れないの？」
「えっと……」
これって、たぶん冗談だよね。
正直言って、あんまりおもしろくはない。
けど、反応しないのも変だし……。
「お、おもしろい冗談だね！」
「えっと、ごめん。冗談じゃないんだけど」
「ええっ!?」
じゃあ、本気でカップ麺は冷蔵庫に入れるものだと思ってたの!?
こんなに乾燥してるのに！
スーパーの売り場でも、冷蔵にはしてないはず。
それに、もうひとつ気になることがある。
「カップ麺だらけだけど、料理は？」
「いや、料理は壊滅的にだめなんだ。それに、あんまりお腹も空かないし、こだわりないっていうか……」
「じゃあ、ずっとカップ麺暮らしなの!?」
コクリとうなずく棗くんに、驚愕する私。
流し台は食べたカップ麺のゴミがたまって悲惨なことに

なっている。
　こんなの、体に悪すぎる……。
　棗くん、生活能力なさすぎだ。
　こんな食生活じゃ、食欲がわかないなんて当たり前だよ。
「棗くん、これは大問題だと思います」
「えーと、ごめんなさい？」
「棗くんの体に、よくないです！」
　居候の身で申しわけないけれど、これは見過ごせない。
　せめて居候させてもらう間は、私にできることをしよう。
「棗くん、食材はカップ麺しかないんですか？」
「いや、両親が送ってきた食材が、たしかこっちに……」
　そう言って棗くんは玄関の方に行くと、大きなダンボールを抱えて戻ってきた。
　届いた食材は、玄関に置きっぱなしだったってことね。
　中を見れば人参やジャガイモ、大根に素麺、ツナ缶が箱いっぱいに入っている。
「調理器具はどこですか？」
「どこだったかな？　たしか、いちばん下の引き出しの中にあったと思う」
　私に言われるがまま、引き出しを開けて中の物を出していく棗くん。
「あ、お玉あったよ」
　見て見てと言わんばかりに、うれしそうな顔で私を見る棗くんは、宝物探しをしている少年のように楽しそう。
　無邪気な彼の一面に、私もなんとなく笑ってしまった。

さて、ひととおりの調理器具はあるみたいだけど……。
　すごく、綺麗すぎるのが気になった。
　もしや、すべて新品なのでは？
「棗くん、この台所で料理をしたことは……」
「ないよ」
「やっぱりかぁ」
　どうりで、調理器具が綺麗なわけだ。
　苦笑いで冷蔵庫を開けると、中は空っぽ。
　メイン料理になる肉も魚もない。
「棗くん、この近くにスーパーはありますか？」
「うん、5分くらいのところに。買い出しする？」
「はい。ついでに、何日分か買いだめしておきましょう」
　こうして、まずは買い出しに行くことになった。
　棗くんはスーパーでカートを押してくれたり、買ったものも全部持ってくれた。

　紳士すぎる棗くんと数日分の食材を買って帰ると、私はさっそく台所に立つ。
「さてと……まずは、このゴミをなんとかしないと」
　カップ麺の空の容器がてんこ盛りになっている流し台を見て、思わずため息が出る。
　ここを掃除するところから始めないと、料理ができない。
　私は腕まくりをして「よし！」と意気込む。
「では、棗くんはテレビでも見ててください」
「え？　でも手伝いは……」

「一 宿 一飯の恩義ですので。私が、お夕飯を作らせていただきます」

　彼の背中をグイグイと押して、台所から追いだす。

　とはいってもワンルームなので、リビングとの境はない。

　台所から遠ざけた、が正しい表現かも。

「えーと、なにを作ろうかな？」

　私はそう言いながら、せっせと洗い物を済ませる。

　そして、調達してきた食材を使い、料理を開始した。

　鶏肉のバター醤油焼きなんていいかもしれない。

「ふーん、ふん」

　鼻歌を歌いながら、油を引いて熱したフライパンに鶏肉を入れる。

　ジューッと音を奏でる鶏肉とバターの焼ける匂い。

　その香ばしい香りに、どんどんお腹が空いてきた。

「すごい、お肉焼きながらお味噌汁も作ってるの？」

　え……？

　すぐそばで声が聞こえて振り向くと、棗くんは私の隣に立って手もとをのぞきこんでいた。

「あ、棗くん、そこにいたんですね！　すみません、あと煮物を作ったらできあがりですから」

　気づかなかった、いつからいたんだろう。

　ずっと見られていたなんて、はずかしいな。

　照れくささをごまかすように、作業に集中する。

　フライパンの鶏肉を皿に移し、煮物が入った鍋をお玉でグルリと混ぜた。

棗くんは私の手もとをのぞきこんだまま、「ほう」と感心したような声を漏らす。
「煮物まで作ってくれてるの？」
「棗くんのご両親から送られてきた段ボールの中に、人参と大根があったので！　お口に合うといいんですが……」
　そういえば、こうして誰かと家で話すのは久しぶりだな。
　って、ここは私の家じゃないんだけど……。
　こういう料理の話とか、生活の中で生まれる会話っていうのかな。
　他愛もない言葉の掛け合いって、こんなにも心をほっこりさせるんだ。
「俺、手料理なんていつぶりだろう！　楽しみだなぁ」
「ふふっ、そんなに楽しみにされると緊張します」
　でも、作ったご飯を楽しみにしてくれる人がいるって、うれしい。
　お父さんは私が料理を作っても、おいしいとかまずいとか、感想を言ってくれない。
　ひと口も食べないなんてことも、しょっちゅうだ。
　家族でも、他人同士みたいに会話のない家。
　それが、寂しくてたまらなかった。
「話したいことがあったときは、今度から俺に話して」
「え……？」
　知らず知らずのうちに黙りこんでいた私は、突然投げかけられた言葉に驚く。
　目を瞬かせながら棗くんの顔を見つめれば、また優しい

笑顔が向けられた。
「もう、美羽はひとりじゃない。俺の残りの時間は、きみにあげる」
「な、棗くん……」
　まるで、プロポーズみたいな言葉。
　今日会ったばかりなのに、棗くんは誰にでもそんなことを言うの？
　それとも、私をなぐさめるために言ってくれたとか。
　彼から無条件に与えられる優しさを、なんの見返りもなしに受け取っていいものなのかな。
「ごめんね、変なこと言って……。ただ、美羽のためになにかしたいって気持ちは本当だから」
「棗くん……ありがとうございます」
　でも、どうしてそこまでしてくれるの？
　優しくされる理由がわからなくてとまどう。
　だけど、素直にうれしい。
　この胸を満たしていく温かい感情が消えてしまわないようにと、私はそっと胸を押さえた。
「美羽、煮物そろそろよさそうだよ？」
「あっ、本当だ！　もうお皿によそいますね」
「なら、俺が運ぶよ」
　棗くんとふたりで、夕飯をソファ前のテーブルに並べる。
　テーブルが低いので、ソファには座らずにクッションを床に置いて腰をおろした。
　向かいに座る棗くんと同時に、手を合わせると……。

「「いただきます」」
　食事のあいさつをして、ふたりで動きを止める。
「「なんか、こういうの久しぶりだな」」
　また、声が重なる。
　お互い見つめ合って、同時にふっと笑みをこぼした。
「美羽、いただきます」
「はい、めしあがれ」
　温かい空気が部屋に満ちる中、鶏肉のバター醤油焼きと、人参や大根の煮物、お味噌汁に手をつける。
「うん、すごいうまい……。美羽って天才だ！」
「え、そんな大げさだよっ。こんなもので喜んでもらえるなんて、こちらこそ作ったかいがあります」
　褒められるのが照れくさくて、私は少しだけうつむいた。
　棗くんはいったん箸を置くと、まっすぐに私を見る。
「こんなものなんかじゃないよ、美羽はすごい。だって俺、こんなにご飯がおいしいって思ったの久しぶりだもん」
「でも、こんなの私じゃなくてもできるし……」
「少なくとも俺は、美羽のご飯以外でこんなにうれしい気持ちにはならない」
「…………」
　棗くんって、まっすぐなんだなぁ。
　ご飯ひとつで、こんなにも真剣に気持ちを伝えてくる。
　適当に流せばいいのに、やっぱり優しい人だ。
「うん、本当においしい。もうカップ麺なんて、絶対に食べられないな」

「ふふっ、ありがとうございます」
　私の作ったご飯をパクパクと食べる棗くんに、自然と笑顔がこぼれる。
　こんなに食べっぷりがいいと、作ったかいがある。
　お父さんは……ちゃんとご飯食べてるのかな。
　右手の傷にそっと触れて、残してきた大切な家族のことを思い出す。
　すっかり血は止まっていて、ケンカしてからそれだけ時間が経ったのだと胸がチクリと痛んだ。
「その傷、消毒しないとね。忘れててごめん、すぐに薬箱取ってくるよ」
「あの、大丈夫です。もう血も止まってますから……」
　立ちあがろうとする棗くんの袖をつかんで、あわてて引きとめる。
　料理するときに水ですすいだし、痛みもだいぶ引いた。
　手は、もう大丈夫。
　だけど……胸はずっとチクチクと痛む。
　心の傷だけはふさがることなく、今も血を流しているみたいだ。
『お前がっ、聖子の代わりに死ねばよかったんだ!!』
　目を閉じれば、聞こえてくる。
　お父さんの口から飛び出した罵声。
　私は、生まれてこなければよかったのかな？
　それなら、どうして産んだりしたの。
　私には生まれてくるか、否かなんて選べない。

勝手に産んで、いらないなんて無責任だよ。
　ふつふつと湧きあがるのは、怒りと虚しさだ。
「……美羽、お風呂に入っておいで」
　私を黙って見つめていた棗くんが、そう声をかけてきた。
「え、お風呂……ですか？」
「美羽がご飯を作っている間に入れといたから」
「あ、すみません……」
　いつの間にか、お茶碗の中身は空になっていた。
　最初はおいしく食べていたご飯の味が、後半は思い出せない。
　ぽーっとして、なにからなにまでお世話になりすぎ。
　私、棗くんに負担かけちゃってないかな。
　それで、めんどくさいって思われて、棗くんにも必要ないって言われたら……。
　今度こそ私は、どこへ行けばいいんだろう。
「おいで、使い方を教えるから」
　私のそばにやってきた彼は、サッと手を差しだす。
「あっ、その前に食器を洗わなきゃ……」
「そんなの俺がやるって、おいしいご飯を作ってくれたお礼だよ」
　棗くんは私の手を引っぱって立たせると、背中を押してきた。
「えっ、でも私は居候だし……」
「ここは、もう美羽の家だよ」
　私の家だなんて……。

棗くんは、私を気の毒に思って泊めてくれただけ。
　そこまで傲慢にはなれないよ。
　とは思いつつ、彼に促されてお風呂場にやってきた。
「ほら、タオルは棚に入ってるから。シャワーはこのパネルで温度設定をしてから出すんだよ？」
「は、はい……」
　場所の説明をあれこれしてくれる棗くん。
　頭がぼんやりしてしまって、半分も聞きとれていないけれど返事をする。
「着替えはそうだな、俺の服しかないけど……着られそうなものを探しておくよ」
「お手数かけます」
「じゃあ、ゆっくり休んで」
　ひととおりお風呂の使い方を教えてくれた棗くんは、私をお風呂場に押しこんでリビングに戻っていった。
「……棗くん、ありがとう」
　私が悩んでいることに、たぶん気づいてたんだろう。
　休んでって、心を休めるってことだよね。
　きっと、気を遣ってくれたんだ。
　ここに置いてもらう以上、私も棗くんの役に立てるようにがんばりたいな。
　そんなことを考えながら、私はお風呂に入る。
　湯船に浸かると、辛い気持ちもお湯とともに流れていくみたいで、少しだけ軽くなった気がした。

「お風呂、ありがとうございました」
　私は棗くんが用意してくれたパジャマを身に着けて、リビングに出る。
　棗くんのパジャマ……。
　男物だから当たり前だけど、サイズが大きい。
　歩くたびにズボンが落ちそうだ。
　髪ゴムで結んで補強したけど、心もとないな。
「あ、お帰り……っと、これは犯罪だな」
　ソファに座ったまま私を振り返った棗くんは、あわてて視線をそらしてしまう。
「えっと、犯罪って？」
　私、逮捕歴はゼロだよ？
　聞き返すと、困ったように笑われた。
「美羽、こっちにおいで。立ってると疲れるだろ」
「あ、はい……」
　言われたとおりそばに行くと、棗くんはポンポンとソファをたたく。
　これは、隣に座れってことだよね。
　素直に従うと、棗くんはドライヤーを手に私の髪に優しく触れた。
「え、棗くん？」
「ほら、前向いて」
　前向いてって、棗くんなにして……。
　ゴォォォッと、ドライヤーの風が私の髪に当たる。
　そこで初めて、棗くんが私の髪を乾かしていることに気が

ついた。
「ええっ！　じ、自分で乾かせますから！」
「いいから、俺にやらせて？」
　振り返ると、楽しそうに私の髪を乾かす棗くん。
　学校の先輩、それも王子様に髪を乾かしてもらってるなんて……やっぱり恐れ多いっ！
　ガチガチに固まっていると、うしろで「クスッ」と棗くんが笑ったのがわかった。
「美羽の髪は、綺麗だね」
「えっ、そうですか？　なにもしてないんですけど……」
「この色は、生まれつき？」
　棗くんの言う「この色」とは、私の色素の薄いブラウンの髪を指しているんだろう。
　これはお母さん譲りで、生まれつきだ。
　今はいないお母さんのことを思い出して、胸が痛む。
「生まれつきです、この天然パーマも……」
　笑みを作って、私はなんとか返事をする。
　お母さんが死んで、もう２年だ。
　なのに私は、あの頃に戻れたらっていつも考えてる。
　ずっとずっと、前に進めないでいる。
　戻らない過去にすがりついても傷つくだけなのに。
　どうしても、幸せな未来が描けないんだ。
「そうなんだ……綺麗だし、さわるとふわふわしてる」
　私の髪にさわるのが癖になったのか、何度も軽く握ったり、梳いたりを繰り返す。

それに首を傾げていると、乾かしおわったのか、棗くんはドライヤーのスイッチを切った。

そして、丁寧にクシで梳かしてくれる。

「今日はいろいろあって疲れたでしょ？　先にベッドで休んでな。俺も風呂に入ってくるから」

「え！　私はソファで大丈……」

「女の子をソファで寝かせるわけにはいかないよ」

そう言って棗くんは、さっさとお風呂場へ行ってしまう。

なんてことだ……。

まさか、ベッドを借りることになるなんて！

「だって、棗くんのベッド……」

ひとり取り残されたリビングで、私は立ちつくす。

ベッドは、まずいんじゃないかな……。

襲われるとか、そういうんじゃなくて。

だってこれ、一緒に寝るってことでしょう？

その行為自体が、嫁入り前の女子としてはいけないことのように思える。

でも、私がソファで寝たりしたら、棗くん怒りそう。

さっきから私のお母さんみたいに「ちゃんと休むこと」を連呼してるから。

しばらく考えた結果、お言葉に甘えてベッドで休ませてもらうことにした。

とにかく、彼に心配をかけないのが第一だ。

そう決めて、私はベッドに入る。

横になったとたんに、どっと疲れがやってきた。

今日は、本当にいろいろあったな……。
　　お父さんを残して、家を出てきちゃった。
　　家出なんて、生まれて初めてだった。
「お父さん……ごめんね……」
　　お父さんの姿を思い浮かべると、涙が出てくる。
　　それを隠すように、枕に顔を埋めた。
　　まぶたを閉じれば、しだいにやってくる眠気。
　　夢とうつつの間をさまよっていると、ふいに頬をなでられた気がした。
　　……棗くん？
　　目を開けたいのに、まぶたが重くて開けられない。
「また会えてよかった……」
　　耳心地のいいコントラバスのような低い声が紡いだのは、意味が難解な言葉だった。
　　また会えてよかった……？
　　私、前にどこかで棗くんに会ったことがあるの？
　　そう尋ねたいのに、体はピクリとも動かない。
「もう、ひとりで寂しい思いはさせない。俺がきみのそばにいられる間は、絶対に……」
　　どうして……。
　　こんなに優しくしてくれるんだろう。
　　何度も何度も、同じ問いが頭を駆けめぐる。
　　だけど、優しく触れる手に眠気は強まるばかりで、私はどんどん夢の世界へと落ちてしまうのだった。

Episode 3：王子様との同居生活

【美羽side】
「んう……」

　朝日をまぶたごしに感じ、目を閉じたまま手探りで枕もとにあるだろうスマホを探す。

　あれ、スマホどこだろう。

　今、何時頃かな？

　朝ご飯作らなきゃ……。

　スマホを探していると、手がサラサラした手触りのなにかに触れた。

「んー？」

　なんだろう……。

　このサラサラ、ふわふわした感触は。

　気持ちいいなぁ。

　不思議に思いながら、ゆっくり目を開けると……。

「え……」

　そこには、フルビジョンで広がるイケメンの寝顔。

　サラサラの感触は、棗くんの髪だったんだ。

　ていうか……。

「どどっ、どうして棗くんと一緒に寝てるの、私っ」

「ん……ぅん？」

　私の声が大きかったせいか、伏せられた棗くんのまつ毛が震える。

やがて、彼の澄んだ黒曜の瞳と至近距離で目が合った。
「…………」
　棗くんは寝ぼけているのか、無言で視線をさまよわせる。
　しばらくして視線をふたたび私に戻すと、彼はフワリと笑みを浮かべた。
「おはよう、美羽……」
　少し掠れた低い声に、心臓が高鳴る。
　無防備な棗くんの笑顔。
　それを見た瞬間、甘い金縛りにあう。
　私は赤面したまま動けなくなった。
「美羽、起きてる？」
　どうやら、私が目を開けたまま寝ていると思ったらしい。
　不思議そうに私の顔をじっと見つめてくる。
　ううっ……。
　もう見つめないでほしい。
　朝から心臓に悪いから！
　この状態を長く続けるのは体によろしくないので、とにかく私はあいさつを返すことにする。
「お、おはようございます……っ」
　そう返すのが、精いっぱいだった。
　棗くんは満足そうに口角をあげて、おもむろに腕を伸ばしてくる。
　え、なに……？
　目を見開く私の頬に、彼は手をそえた。
「ごめんね、美羽の寝顔見てたら、俺まで眠くなっちゃっ

て……。一緒に寝ちゃったみたいだ」
「あっ、そうだったんですね」
　そんなことより、手を離してください。
　触れられたところから、火を噴きそうだから。
　あれ、でも……。
　なんで、私の寝顔なんか見てたんだろう。
　寝てるとき、変な寝言とか言ってなかったかな。
　よだれとか垂らしてたら、どうしよう！
　寝相が悪くて、棗くんを蹴りとばしてたら……。
　かなりはずかしい。
「今日は血色がいいね、よかった」
　うっ……。
　なんて優しい笑い方をする人なんだろう。
　もしこの世界に天使とか神様とかが本当にいるのだとしたら、それはきみのことを言うんじゃないかな。
　そんなことを考えたあと、ふと我に返る。
　って、棗くんの顔が近い！
　しかも、頬に彼の手が触れたままで、急に顔が熱くなる。
「あ、私っ、朝ご飯作りますね!!」
　棗くんと同じベッドにいるの、はずかしすぎる！
　これ以上は耐えられないっ。
　そう思った私は、勢いよく起きあがる。
　そして、ベッドからおりようとしたときだった。
「ぎゃっ」
　長いズボンの裾を踏んづけてしまい、そのまま横転。

「えっ、美羽！」
　とっさに広げられる彼の腕が視界の端に見えた。
　ぶつかる！
　そう思ったときにはすでに遅く、額が彼の硬い胸板にぶつかる。
　信じられないことに、まだ横になっていた棗くんの上にダイブしてしまった。
「わわわっ、すすっ、すみませんっ！」
　棗くんの胸に顔を埋めるような格好になってしまい、心臓が走った直後のようにバクバクしだす。
「もう、朝から心臓に悪い……」
　棗くんがため息をついたのがわかった。
　はずかしくて顔があげられないからわからないけれど、あきれているにちがいない。
　でも、心臓に悪いのはこっちの方だよ。
　ともかく、早く離れないと……。
「ご、ごめんなさいっ、ご迷惑をっ」
　なんでこう、空回りするかな。
　棗くんから早く逃げようと焦ったのがいけなかった。
　おかげで、はずかしさが倍増しちゃったよっ。
　今すぐ、穴があったら入りたい！
　というか、もう自分で掘りたいっ。
　泣きたい気持ちになっていると、棗くんの腕が私の背中に回ってギュッと抱きしめられる。
　え、なに？

ただでさえ激しく鼓動している心臓が、壊れそうなほど加速した。
　もう私、明日には死ぬんじゃないかと思う。
「迷惑とかじゃなくて……。いや、とりあえずパジャマは早めに買った方がよさそうだ」
　疲労感が混じった棗くんの一言に申しわけなく思いつつ、私は首を縦に振る。
「はい……今日、帰りに買ってきます」
　そうだ、ついでに必要な着替えもそろえなくちゃ。
　幸い、家のお金の管理は私がやっていた。
　お父さんは支払いとか、面倒な作業は絶対にしない。
　だから、私のお財布には生活していくのに困らない程度のお金が入ってる。
　これを使うのは申しわけないけど、手持ちのお金なんてこれくらいしかないから仕方ないよね……。
　ここの家賃や光熱費、その他もろもろの生活費は棗くんが全部払ってくれている。
　それは申しわけないって言ったんだけど、棗くんは『そういうのは、気にしなくていい』って言ってくれた。
　だから、自分の日用品くらいは自分で買わなきゃ。
　そんなに大きな出費じゃないし。
　それに、リビングの棚の引き出しには、非常時に使うためのお母さんが貯めていた預金通帳がある。
　お母さんはしっかり者だったから、コツコツと貯金してくれていたのだ。

お父さんも生活費に困るだろうし、あとでその預金通帳の場所をメールしておこう。
　たぶん、忘れてしまってるだろうから。
「それなら放課後、校門で待ち合わせしようか」
「え、棗くんも来るんですか？」
　買い物についてきてくれることに驚いていると、棗くんは当然とばかりにうなずく。
「荷物持ちが必要だろ？」
「棗くんに荷物持ちなんて、させられな……」
「俺がやりたいんだ。お願い、美羽」
　お願いって……。
　棗くんはまた、困ったような笑顔で首を傾げる。
　私は、この笑顔になぜか逆らえなくなっていた。

「「いただきます」」
　棗くんと一緒に食事をとるのは、これで２回目。
　今日は買い出しした食パンと卵、ハムを使って、ハムエッグトーストにコンソメスープを作ってみた。
「短時間でこんなにおいしそうなご飯を作れちゃうなんて、やっぱり美羽はすごいね」
　目を輝かせて朝食を見つめている棗くんに、私は笑う。
「大げさだよ、こんなの誰にでも……」
「出た、美羽はよく自分を卑下するよね」
「え？」
　棗くんは少し怒ったように、私をとがめる。

どうして棗くんが、そんなことを気にするんだろう。
　不思議に思って彼を見つめると、悲しげに眉尻をさげた。
「自分を否定することに慣れすぎだ。昨日も言ったけど、美羽は誰かを幸せにできるんだよ」
「……私が？　そんな、ありえないです」
　私なんて、死ねばよかった存在なんだから……。
「自分が信じられないなら、俺の言葉を信じてほしい。俺は心から、美羽の存在に救われてるよ」
　棗くん……。
　まるで、私が必要なんだって言ってくれているみたい。
　もし棗くんの言葉が本当なら、こんな私でもきみの救いになれているのかな。
　そうだとしたら、うれしい。
「棗くん……ありがとうございます」
　棗くんがあまりにも必死にお願いしてくるから、根負けしてそう答えた。
　でも、棗くんの言葉なら信じてみたいって思う。
　なぜそう思うのかは、わからないけれど……。
「おいしいご飯をありがとう。片づけは俺がやるから」
　そう言って、食事を終えた棗くんが立ちあがる。
「っ……いたたっ」
　その瞬間、棗くんはお腹を押さえて身を屈めた。
　しゃがむことはなかったけど、眉間にシワを寄せて額には玉のような汗をかいている。
「え、棗くん大丈夫ですか!?」

急にどうしたんだろう。

さっきまで、普通に話してたのに。

「うん……っ、美羽のご飯がおいしすぎて、食べすぎちゃったみたいだ」

そう言って、茶目っけたっぷりに笑う。

それはうれしいけど、やっぱり額の汗は尋常じゃない。

「でも、すぐに休んだ方がいいですよ！」

あわてて立ちあがり、棗くんの体を支えた。

本当は体調が悪いんじゃ……。

もしかして、食材が傷んでたのかな。

食中毒とかだったら、どうしよう！

私がちゃんと食材を確認していれば、こんなことにはならなかったのかも。

「ど、どうすればっ」

青ざめた顔の棗くんを前にあわてふためいていると。

棗くんはクスッと笑う。

「心配性だな、美羽は。ちょっとお腹が痛いだけだから、安心して？」

そう言って、ポンポンと頭をなでられる。

まるで子供をなだめるお母さんのような仕草に、ボッと頬が熱くなった。

「なっ、棗くん！」

もうっ、大変なのは棗くんの方なのに……。

どうして人の心配ばかりするの。

もっと自分を大事にしてほしいのに。

「ははっ、ほら歯磨(はみが)きしておいで。もう大丈夫だから」
　やっぱり、お母さんみたい。
　そう言った棗くんは、いつもどおりの笑顔でホッとする。
　よかった、大したことなさそうで……。
　胸をなでおろして、私は棗お母さんに言われたとおり、洗面所へと向かった。

　身支度を済ませて棗くんとマンションを出れば、梅雨時なのに今日も快晴だった。
「美羽、いい天気だね」
「あ、はい！　気持ちがいいですね」
　棗くんと肩を並べて学校へ向かうのは、新鮮(しんせん)だ。
　いつもなら、学校までの道のりはひとりだったから。
　毎朝お父さんと衝突(しょうとつ)して、どんよりとした気分で歩いてたな。
　でも今は、心がいつもより軽い。
　お父さんと家にいるときは、悲しいとか辛いとか、つねにそんな感情が胸の中に居座っていた。
　ここから逃げだしたい、でもひとりになりたくない。
　そんなことばっかり考えていた。
　でも棗くんといると、うしろ向きなことを考える暇もないくらい楽しい、うれしいという気持ちが溢れてくる。
　私を拾ってくれた棗くんには、本当に感謝してるんだ。
「そういえば……」
　普通にふたりで学校に向かってるけど、まずくない？

棗くんは、王子様だ。
　私みたいな平凡な女子が隣にいたら、棗くんのファンからどう思われるか……。
　想像しただけで、恐ろしい。
　今さら重大なことに気づいて、彼の横顔を見あげる。
「棗くん、あの……。こうして一緒に登校するのは、まずくないですか？」
　絶対、彼女だと思われる。
　もちろん私が釣り合うとは思えないけれど、もしもカンちがいされたら棗くんに迷惑をかけてしまう。
　それが心配で尋ねたのだけれど……。
「俺はかまわないけど」
「へ？」
　俺はかまわないって……ど、どういう意味？
　意味深な笑みを口もとに描くきみに、不覚にもドキッとしてしまった。
　私が彼女だって、カンちがいされてもいい。
　そう言われているみたいで、くすぐったい気持ちになる。
「でも、美羽に迷惑はかけたくないから、俺は裏門から侵入することにするよ」
　裏門は普段閉まっているので、棗くんはよじのぼる気だ。
　正門には登校時間ギリギリになると教務主任が立っているので、遅刻した生徒が裏門からこっそり入っているのを窓から目撃したことがある。
「それなら私が、裏門に……」

「こらこら、美羽にそんな面倒なことさせられないよ。いいから、俺の言うとおりにしなさい」

 出た、棗くんのお母さんキャラ。

 しかも、もはや当たり前かのように、私の頭をなでる。

 もう……棗くん、わかっててやってるのかな。

 私が棗お母さんの言うことには逆らえず、素直にうなずいてしまうってこと。
「あの、それならこれを」

 私はスクールバッグを漁ってお弁当箱を取りだすと、棗くんに差しだした。
「えっと……これは？」
「お、お弁当です。簡単なサンドイッチなんですけど、もしよかったら……」

 朝ご飯のついでに、一緒に作っておいたんだよね。

 でも、突然迷惑かな。

 不安になっていると、棗くんは驚いたように私を見つめて、すぐに微笑んだ。
「ふっ……本当に可愛いな、美羽は」
「えっ！ か、かわっ？」

 なんたる破壊力。

 頭がクラクラする。

 その一言に、私は倒れそうになった。
「可愛いと思うだろ、こんなことされたら」

 いつものやわらかい口調とはちがって、聞きなれない男言葉。

さっきから、心臓がうるさい。
照れくさそうに頭をかく彼から、目をそらせなくなる。
「ありがとう、うれしすぎてどうにかなりそうだよ」
どうにかなりそうなのは、私の方だよ。
私の手からお弁当を受け取る棗くんを、ジトリとにらむ。
「ん？　美羽、どうかした？」
「…………」
棗くんはたぶん、天然タラシだ。
これ以上、棗くんを見つめるのは心臓に悪い。
「昼休み、女の子たちから逃げるのは大変だと思うんですけど、しっかりご飯は食べてくださいね！　ではまた！」
まくし立てるように伝えると、校門が見えたところで私は駆けだした。
「え、美羽!?　放課後の待ち合わせのこと、忘れないでね！」
棗くんが叫んでいたけれど、今はそれを立ちどまって聞く余裕はない。
私は脱兎のごとく教室へ向かった。

「ぜーっ、はぁーっ！」
息切れしながら、私は自分の席にドカッと座る。
なにごとかと、前の席に座る真琴ちゃんが振り返った。
「美羽、どうした？　ただ事じゃない感じだけど」
「えーと、ふぅっ……。いろいろ、あって！」
「わかった、とりあえずこれ飲めば？」
興奮気味の私にやや圧倒されつつも、真琴ちゃんはペッ

トボトルのお茶をくれる。
　それをひと口もらうと、ようやく落ちつくことができた。
「それで、どうした？」
　私がひと息ついたのを確認してすぐに、真琴ちゃんが尋ねてくる。
「うん、じつはね……」
　お父さんとケンカしたあたりから、家出して棗くんの家に居候することになったところまで、ひととおり話した。
「だからね、今は先輩の家に居候してるんだ」
「…………」
　話しおえると、真琴ちゃんは目を丸くして固まっていた。
　急にどうしちゃったんだろう。
　心配になった私は、机に身を乗りだして親友の顔をのぞきこむ。
「真琴ちゃん、大丈夫？」
　手のひらを真琴ちゃんの目の前でヒラヒラと振ると、ハッとしたようにこちらを見た。
　そして、むんずと私の肩をつかんでくる。
「大丈夫じゃない！　美羽バカか!?」
「うっ……え？」
　あまりの剣幕に、今度は私が固まってしまう。
　ええっ、なんで真琴ちゃん怒ってるのっ。
　しかも、バカって言われた……。
　しょんぼりしていると、真琴ちゃんに盛大なため息をつかれた。

「普通、得体の知れない男の家に泊まらないだろ！」
「いや、得体は知れてるんじゃ……」
　うちの学校の先輩だし。
　朝、同じベッドで寝てたのにはびっくりしたけどさ。
　でも、本当にそれだけだ。
　あぶないことは、なにもなかった。
　棗くんは、本当に優しくていい人なんだ。
「あのなぁ、美羽は警戒心(けいかいしん)がなさすぎだ。泊まるところがないなら、うちに来いよな」
「ご、ごめん！　でも棗く……先輩はいい人だよ。行き場のない私を拾ってくれて、お父さんのことも相談に乗ってくれたの。だから、恩返ししたいんだ」
　心も体もボロボロだった私に、手を差しのべてくれた人。
　そんな棗くんに、心救われたから。
「律儀(りちぎ)だよな、美羽は。意外と頑固(がんこ)だし。うちがなに言っても、もう決めたんだろ？」
「うん、心配ばかりかけてごめんね」
「でも、本当にあぶないときは、うちを頼んなよ？　いつでも連絡(れんらく)してきていいから」
　そう言って、先に折れてくれたのは真琴ちゃんだった。
　こうして私を気にかけてくれる親友がいたからこそ、私は今までくじけずに生きてこられたんじゃないかな。
「ありがとう、真琴ちゃん！」
「はいはい」
　抱きつく私を、真琴ちゃんが苦笑いで受けとめてくれる。

心の底から、ひとりじゃなくてよかったと思った瞬間だった。

　放課後、私は帰ろうと廊下を歩いていた。
　今日の夕飯はなにがいいかな。
　棗くん本当においしそうに食べてくれるから、はりきっちゃうんだよね。
　早く家に帰って、すぐ準備しないと。
　すると、目の前から女の子たちが歩いてくる。
「棗先輩、どこに行っちゃったのかな？」
「いつも、昼休みと放課後はすぐに姿消しちゃうよね～」
　あ、あの子たち、棗くんのこと探してるんだ。
　そっか、棗くん人気だから……。
　みんなに追いかけられてるんだっけ。
「棗くん、大丈夫かな……」
　お弁当、ちゃんと食べられたのかな。
　彼のことを考えながら、廊下を歩いているときだった。
　ガラリと空き教室の扉が開いて、横から伸びてきた手に腕をつかまれる。
　そのままグイッと引かれて、私は体勢を崩した。
「わわっ」
　不意打ちだったので踏んばることもできず、私の体は横に倒れそうになる。
　転ぶ……！
　地面にぶつかるのを覚悟して、固く目を閉じた。

「しっ。ごめんね、今は静かに」
「えっ」
　この声、どこかで聞いたことがあるような……。
　私の体は誰かにうしろから抱きとめられ、すぐに大きな手で口をふさがれる。
　うしろから伸びてきた手が、目の前の扉を閉めた。
　そこでようやく、自分が空き教室に連れこまれたことに気づく。
　もう、なにが起きてるの？
　ズルズルと床に座りこみ、顔だけで振り返れば、そこには……。
「ごめんね、美羽。驚かせて」
　苦笑いの棗くんがいた。
　サラサラの黒髪が、私の額にかかるほどに近い距離。
　心臓がバクバクと早鐘を打った。
「んーっ！」
　棗くんだったんだ！
　そう言おうとしたけれど、口を塞がれているせいで声にならない。
「ごめんね、美羽。追われてるから、どうか静かに」
　あっ……それって、さっきの女の子たちのことかな。
　廊下ですれちがった女子生徒の会話を思い出して、苦笑する。
　事情を察して、私はコクリとうなずいた。
　すると棗くんは、ゆっくりと手を外してくれる。

「追われてるって、大変ですね」
「3年間ずっとこれだからね。いいかげん慣れたよ」
　疲れはてた顔で笑う棗くんに、苦労を感じた。
　大変だったんだろうな。
「逃げ方もプロっぽいですもんね、棗くん」
　瞬時に口をふさぎ、空き教室に連れこむなんて手練れだ。
「ははっ、お褒めにあずかり光栄です」
　カラッと笑った棗くんは「でも……」と付けくわえる。
　言葉の続きを待っていると、彼は天井を見あげた。
　その眼差しは、どこか遠くを見ているように感じる。
「嫌だなって思ってたこともさ、最後だと思うと寂しくなるもんなんだよなぁ」
　言葉の意味がわからず、胸がざわつく。
　棗くん……？
　どうしてこんなに不安になるのかはわからない。
　隣にいるのに、きみを遠くに感じてしまうのはなぜなんだろう。
「最後って……？」
　不安を胸に留めておくことができなくて、思いきって尋ねてみる。
　すると、少し間を置いて「あー……」と彼は言いよどむ。
「ほら、もうそろそろ卒業だから」
　私に視線を戻すと、寂しそうに笑いながら言った。
　そっか、棗くんは3年生だから。
　来年の春には、学校では会えなくなっちゃうんだな。

そう思ったら、急に寂しくなった。
「卒業しても、会いにいっていいですか？」
「え？」
「私、棗くんが卒業しても、今の同居生活が終わっても、棗くんに会いたい……です」
　言いながら、「会いたい」なんてストレートすぎたかな、とはずかしくなる。
　赤くなっているだろう顔を隠すように、うつむいた。
　でも、これっきり会えないとか、そういうの嫌なんだ。
　自分の中で大切だと思える人たちとは、とくに。
　せっかく出会えたんだもん。
　この先もずっとうれしい、楽しいを共有したい。
　私の言葉、どう思ったかな……。
　引かれてないか不安だけど、反応が気になってしまう。
　意を決して、棗くんを見ようとすると。
「できれば、そのまま顔はあげないで」
　彼の声と頭にのった手に、私は動きを止める。
　顔があがらないようになのか、軽く頭を押さえられた。
「え、どうしてですか？」
　なにか見られたくないものでも、あるのかな。
　空き教室の外には、下校する生徒たちの「またね」という声が聞こえる。
　ふたりでこうして抱きしめ合っていることが教室の外の誰かに知られてしまったら、どうしよう。
　ハラハラしながら、私は棗くんの言葉を待った。

「……うれしすぎて、ひどい顔をしていると思うから」
　その声は、泣いているみたいに震えていた。
　"うれしい"って、そんなたいしたこと言ってないと思うんだけど。
　でも、喜んでくれたならよかった。
「もういいよ」
　そう言われて、私はようやく顔をあげる。
　そこにあるのは、いつもの棗くんの笑顔だった。
　会いにいっていいかという質問の答えはなかった。
　やっぱり、迷惑だった……？
　いや、棗くんに限ってそんなことは思わないはず。
　だって、他の女の子たちからは逃げるけど、私からは逃げないでいてくれてるから。
　たぶん、私の抱える事情に胸を痛めて、優しくしてくれてるんだろう。
　もし私が普通の女の子だったら、あのとき公園のゴミ箱の前で出会っていなかったら……。
　私も遠ざけられていたかもしれない。
　そう思ったら、踏みこむことが怖くなる。
　棗くんには嫌われたくない。
　そう思ったら、突っこんで聞くことができなかった。
「な、棗くん……そういえば、どうしてここに？」
　沈黙(ちんもく)が気まずくて、話題を変える。
　声に動揺(どうよう)が伝わって震えてしまい、しかも噛んだ。
　だけど棗くんにはバレていないのか、すぐにいつもどお

りの笑顔を向けてくれた。
「あぁ、放課後の約束、美羽が忘れてるかと思って」
「放課後の約束？」
　えっ、なにか忘れてたっけ。
　やだ、全然覚えてないっ。
　助けを求めるように棗くんを見あげれば、「やっぱり忘れてたか」と小さく笑われる。
「美羽の買い物、付き合うって言ったでしょ」
「あっ……ごめんなさいっ、すっかり忘れてました！」
　今朝の話なのに、私って本当に記憶力が悪いな。
　反省していると、ポンッと頭に手をのせられた。
「俺が勝手に楽しみにしてただけだから。だから、美羽を迎えにきたんだ」
「あっ……その、ありがとうございます」
　楽しみにしてくれてたんだ……。
　なんか、はずかしいな。
　心臓が鼓動を打ちすぎて壊れそう。
「それじゃあ、美羽。女の子たちに見つからないようにそっと出ようか」
　そう言って、優しくすくうように手を取られる。
　手、繋いじゃってる……。
　こんなところ見られたら、大変なことになるだろうな。
　だって棗くんは、人気者だから。
　それにしても、棗くんの手……。
　大きくて、ゴツゴツしてるんだなぁ。

私のとはちがう感触に、やっぱり心臓が騒いだ。
「よし、こっちだ」
「は、はい！」
　楽しそうに私の手を引く棗くんに連れられて、なんとか誰にも見つかることなく学校を出ることができた。
「じゃあ、駅前のショッピングモールに行こうか」
「あ、あの……棗くん」
　行き先を決めて早速歩きだす彼に、私はおずおずと声をかける。
　自分から指摘するのは、なかなかはずかしいけれど。
　この繋いだままの手がはずかしいので、言うことにする。
「手、繋ぎっぱです」
「そうだね」
　そうだねって……棗くん！
　棗くんは、繋いだままでもいいの？
　目をパチクリさせて驚いていると、棗くんはフッと笑う。
「迷子になったら困るだろう？　もう１秒だって、ひとりぼっちにはさせたくないんだ」
　ええっ！
　サラッと口説き文句みたいなことを言う棗くんを凝視してしまう。
　待って、待って、どういう意味？
　そのまま受け取ったら、棗くんが私を好き、みたいな発言だけど……。
　いやでも、天然タラシの棗くんのことだ。

とくに深い意味はない。
きっとそうにちがいない。
そう自分に言い聞かせて、とにかくなにか言わなければと口を開く。
「あの……ありがとうございます？」
「ハハッ、なんで疑問形？」
棗くんは私を真似るように、語尾に疑問符をつける。
「「……ぶはっ」」
お互い顔を見合わせて、吹きだしてしまった。
私たちを照らす夕日が、赤くてよかった。
私の夕日色に染まった顔も隠してくれるから。
繋いだ手に、棗くんの言葉に、ドギマギしてしまう。
どんどん頬に熱が集まって、赤が濃さを増している気がする。
夕日だけでは隠しきれそうにないから、私はそっとうつむいた。

駅前のショッピングモールへやってくると、平日なのにたくさんの人で賑わっていた。
学校の友達に会わないか不安で、キョロキョロと周りを見渡していると、棗くんに声をかけられる。
「まずは美羽のパジャマとか、着替え類から探す？」
「あ、それなら……」
私は繋いだままの棗くんの手を引いて、真琴ちゃんとよく行く服屋さんの方へ歩きだした。

「美羽のよく行く店?」
「はい。親友と一緒に買い物ってなると、必ず立ちよるところなんです」

　コスパもいいし、よそいき用の服からパジャマまでそろってる。

　ジャンルも可愛い系からクールな大人女子系まで、幅広いんだよね。
「あ、ここです」

　お店の前にやってくると、ウキウキしてくる。

　中へ入ると、いろんな洋服や照明の光に輝くアクセサリーに目を奪われた。
「わぁ、あの洋服、可愛いっ」
「本当だ、美羽に似合いそうだね」

　私が指さした白いシフォンワンピースに、棗くんもうなずいてくれる。

　やっぱり買い物は楽しいな。

　可愛い物や綺麗な物を見ると、こんなにも気分が明るくなるんだ。

　でもなにより、棗くんも楽しそうにしてくれていることがうれしい。

　ふとしたときにお父さんのことが頭をよぎるけど、今きみといるこの瞬間だけは、不安にならずにいられた。
「棗くん、このパジャマなんてどうでしょうか?」

　フードにうさぎの耳がついたパジャマを手に取って、棗くんに見せる。

これ、すごく可愛い！
　自分の中では90パーセント購入を決めて、あとは棗くんの判断をあおぐことにする。
「うん、可愛い……んだけど……。毎日、理性と闘うはめになりそうだ」
　棗くんは小さい声でつぶやくと、照れくさそうに頭をかいた。
　理性と闘うって、どういうこと？
　それに、なんだか棗くんの顔が少し赤い気がする。
　まさか、人酔い？
　今日、人多いもんね。
「えっと棗くん、大丈夫？」
　心配になって声をかけると、棗くんは眉尻をさげながら笑う。
「あんまり、俺のことドキドキさせないでくれるかな」
「へ？　あ、あの……」
　ドキドキさせないでって、え？
　どういう意味？
　頭に浮かぶ疑問と格闘していると、棗くんが私の手からスッとパジャマを奪う。
　呆然としている私を置いてレジへ向かうと、お会計を済ませてしまった。
「棗くん、お金っ」
「俺、ちょっと前まで結構バイトしてたんだ。だから、気にしないで。このお金は美羽のために使いたい」

特別扱いされているような彼の発言に、ドキンッと心臓が高鳴る。

え、それはどうして……？

家に泊めてもらえるだけでもありがたいのに、私の分の食費や服代まで出してもらうなんて……申しわけないよ。

棗くんは出会ったばかりの私に、尽くしすぎだ。

「でも、私にはそんなことしてもらう資格がありません」

恋人でも、なんでもない。

私は、ただの居候なのに……。

「大事な女の子に尽くすのに、資格が必要かな？」

「えっ……」

大事な女の子って……私がってことだよね？

棗くんは私に向かって話しかけてるんだし、うぬぼれではないんだろう。

でもそれって、私が……特別って言ってくれてるの？

そうカンチがいしちゃいそうになる。

それに棗くんの言う"大事"って、どういう種類の大事なの？

友達とか、恋人とか、どれに当てはまるんだろう。

でもきっと、友達として大事ってことなんだろうな。

そうじゃなかったら、棗くんが私のことを異性として好き、みたいになっちゃうし……。

それは自意識過剰だろうと、私は首をブンブン振った。

「それにしても楽しそうだね、美羽」

そんな私に気づいているのか、いないのか。

棗くんは気にした様子もなく、話を変える。
「あっ、ごめんなさい！　はしゃいじゃって……」
　私、完全に浮かれてる。
　棗くんとの買い物が楽しくって、つい調子に乗りすぎちゃった。
「うん？　俺は笑顔の美羽が見られてうれしいよ。ほら、パジャマの他に必要なものは？」
「じゃあ、私服も何着か買いたいです」
「なら、俺にも選ばせて？」
　そう言って、さっそく何着か服を手に取る棗くん。
　その表情は、なぜか楽しそう。
　私の服を3着ほど選ぶと、それも買ってくれた。
　パジャマと洋服を買いそろえると、棗くんに手を引かれてお店を出る。
「あとは、どこのお店に行く？」
　お店の前で、棗くんが私の方を向くと尋ねてきた。
「し、下着を……あっ」
　言いかけて、ハッとする。
　私……今、とんでもないことを口走った？
　棗くんといるのがあまりにも自然すぎて、真琴ちゃんと買い物に来てるみたいに安心しきってた。
　もう、なにやってるんだろう！
　棗くんはどこからどう見ても、男の子なのに。
　案の定、棗くんは目を見開いたままフリーズしている。
「そ、それは……俺は付き合えないな。美羽、外で待って

るから行ってきな」
「ご、ごめんなさいっ！」
　私のバカっ、なんてことをっ。
　もう、棗くんの顔見られないよ……。
　私は泣きたくなりながら、あわてて向かいの下着屋さんへと駆けこんだのだった。

「ただいまー」
　私たちはついでに夕飯の食材や必要な物を買いそろえて、マンションへと帰ってきた。
「おかえり、美羽」
　一緒に帰ってきたのに、棗くんは"おかえり"と言ってくれる。
　もう、ここ何年も聞いていなかった言葉だった。
「あっ……」
　胸がいっぱいになって、頬に温かいものが伝う。
　だめだな、また泣いちゃって。
　棗くんのこと、困らせちゃうじゃん。
　そんな私を見つめて、棗くんは廊下に荷物を置いた。
　そっと私を引きよせると、ギュッと抱きしめてくれる。
　コロンの匂いなのか、ふわりと優しい花の香りが棗くんからした。
「これからは、何度でも美羽に"おかえり"と"ただいま"を言うよ」
「え……」

「だから、美羽のことを待ってる人がいるってこと、忘れないで」
　どうして私の気持ちがわかるんだろう。
　棗くんは私の寂しい、悲しいって気持ちにいつも気づいてくれる。
　彼の主要成分は優しさなんだろうな。
　きみは、私の欲しい言葉をくれる。
　それが胸にストレートに届いて、涙が止まらなくなった。
　棗くんは「ね？」と言うと、私を抱きしめながら優しく髪を梳いてくれる。
「うぅっ……はいっ……」
　悲しい気持ちが少しずつ軽くなっていくのを感じた。
「ありがとうございます、棗くん……」
　ズビッと鼻水をすすりながら、制服の袖で涙をゴシゴシと拭っていると、その手をやんわりつかまれた。
「棗くん？」
「あんまりこすると、赤くなるよ」
　棗くんは自分の服の袖で、優しく押さえるように涙を拭ってくれる。
「なにからなにまで……ごめんなさい」
「こら、謝らないの。美羽はもっと、俺にわがままを言ってもいいくらいなんだよ？」
「もう、十分すぎるくらいわがままです、私」
　泊めてもらって、服だって買ってもらっちゃって、こうしてなぐさめてもらって。

これのどこが、わがままじゃないって言うんだろう。
「ほら、部屋に入ろう。一緒に映画でも見ようか」
　棗くんは荷物を片手で持ち、空いた方の手で私の肩を抱きよせると部屋へ促す。
「はい……」
　そんな棗くんの優しさに、私はまた泣きそうになった。

　夕飯を食べおえた私たちは、ソファに一緒に腰かけて、約束どおり映画を見て過ごした。
　去年大ヒットした恋愛映画で、登場人物が自分と同じ高校生だからか、キスシーンではそわそわしてしまった。
　隣に座る棗くんをチラチラと見て、目が合った瞬間は心臓が止まるかと思ったけど……。
　誰かとこうして映画を見て、「おもしろかったね」って感想を言い合える。
　なにげない会話に、胸がじわりと温かくなるのを感じた。
　そのあと、先にお風呂に入った私は、買ったばかりのパジャマに着替えてベッドに横になる。
　棗くんがお風呂に入っている間に、私はお父さんから連絡がないか、スマホを見ることにした。
「連絡、来てないな……」
　お父さんからのメールも着信もない。
　娘がいなくなっても、お父さんにとってはどうでもいいことなんだよね、きっと……。
　ズキンッと心が泣く音がする。

あぁ、胸が痛くてしょうがない。
　こうしてひとりでいると、どんどん闇の中に沈んでいくような孤独を感じた。
「私は……いらない……」
　生まれてこなきゃよかった子供なんだ。
　お母さんも、そう思う？
　私が死ねばよかったって。
「どうして、私じゃなかったのかな……」
　死んだのが、私ならよかったのに。
　そうすれば、お父さんはあんな風にお酒に溺れたりしなかったはず。
　誰かを傷つけるような暴力だって、振るわなかっただろうから。
　きっと私がすべて、悪いんだ。
　瞬きと同時に、涙がこぼれる。
　ついさっきまで、楽しかったのに。
　棗くんがいなくなると、すぐにいろいろ考えちゃう。
　だめだな。
　気分が沈んじゃって、もう二度と這いあがれないような気がしてくる。
　ポスンッと枕に顔をうずめれば、花の優しい香り。
　それが棗くんの使っているシャンプーの匂いだと知ったのは、昨日のことだ。
　湯船に浸かりながら、自分の頭から香るフローラルの香りにすごくホッとしたんだよね。

「ふぅ……」
　私からも、棗くんと同じ香りがする。
　棗くんがそばにいてくれているみたい。
　そう思ったら、少し気持ちが落ちついてきた。

　しばらくして、ガチャンッとリビングの扉が開く。
「美羽、寝ちゃった？」
　棗くんがお風呂から出てきたんだ。
　私は情けない顔を見せたくなくて、枕から顔をあげられずにいる。
　耳もとでギシッとベッドのスプリングが鳴り、棗くんが腰かけたのがわかった。
「おーい、うさぎさん」
　ポンッと頭に手をのせられる。
　うさぎさんって……。
　私のパジャマのことを言ってるんだろうな。
「美羽、ひとりで泣いてたの？」
「……どうして……」
　どうして、わかったんだろう。
　私は枕に顔をうずめたまま、聞き返す。
　すると、掛け布団が少しだけ持ちあげられた。
　えっ？
　なにごとかと思い顔をあげると、私の隣に棗くんが入ってきた。
　横に寝そべって、優しい眼差しを向けてくる。

「うーん、勘かな」
「棗くんの勘って、すごいんですね」
　ぎこちなく笑えば、棗くんは私をすっぽりと腕の中へ閉じこめてしまう。
「わ！　あ、あのっ」
　距離が近いんですがっ。
　なんで急に、抱きしめてくるの！
　棗くんの腕の中で、トクトクと速まる鼓動が伝わってしまわないようにと願った。
　今、私たちはひとつのベッドに横になっている。
　こんなのだめだって思うのに、なんでかな。
　棗くんの温もりが心地よくて、離れたくないって思う。
「無理に笑うの、癖？　俺の前では、強がらなくていいのに」
「え？」
「美羽のどんな姿を見ても、大切だと思う気持ちは変わらないよ」
　棗くんは、優しくあやすようにトントンッと背中をたたいてくれる。
　棗くんから感じるのは、優しさ。
　悪意とか、嫉妬心(しっとしん)とか、そういう人間の汚(きたな)い感情をどこかに置いてきたみたいに。
　目の前にいるきみは、純粋(じゅんすい)でまっ白なんだ。
　きみがくれる言葉や仕草に、ありのままの自分を受け入れられたような気になる。
「棗くんは……不思議な人ですね」

「え、そうかな？」
「そうですよ。会ったばかりの私に、こんなに優しくしてくれてる」

　お人好しにしても、度が過ぎてるっていうか。

　優しすぎるのか、それとも他に理由があるのか。

　わからないけど、わからないからこそ、棗くんのことをもっと知りたいと思う。
「それは……」

　そこまで言いかけて、棗くんは意味深に私を見つめた。

　鼓動が伝わってしまいそうなほど近い距離で、お互いの瞳をのぞき合う。
「美羽が、思い出したら教えてあげる」
「え？」
「ほら、おやすみ。俺の大切な美羽」

　この話はここまでと言わんばかりに、棗くんは目を閉じてしまう。

　思い出したらって……。

　私、棗くんのことで忘れてることがあるってこと？

　気になりながらも、棗くんに頭をなでられているうちに、強い眠気に襲われる。

　優しくしてくれるワケを聞きたいのに……。

　私は重くなるまぶたに逆らえず、目を閉じてしまった。

Chapter 2

Episode 4：果たされた約束

【棗side】
「おやすみ、美羽」
　スヤスヤと規則正しい寝息を立てて眠る美羽を切ない気持ちで見つめる。
　その頭をなでてやれば、少しだけ彼女の口もとに笑みが浮かんだ。
　可愛いな……。
　美羽に名前を呼ばれるだけで、微笑みかけられるだけで、こうして隣にいられるだけで。
　俺は世界でいちばんの幸せ者なんじゃないかと思う。
「ずっと会いたかった」
　家に泊めることになるなんて思ってもみなかったけど、公園のゴミ箱の前で泣いていた美羽を見つけたのが、俺でよかった。
　自分を必要のない人間だと思っている彼女に、今度こそ恩返しできる。
　きみを大切に思う人がいるということ。
　それを知ってもらいたい。
「この命が許す限り、そばにいるからね」
　あの冬の日、きみが俺の心に寄りそってくれたように。

　　＊＊＊

今から数ヶ月前、寒さはピークを迎える２月のこと。
　俺は１ヶ月前に膵臓癌と診断された。
　外来で週１回の抗がん剤の点滴治療を３週間かけて行い、４週目は休む、を繰り返す日々。
　副作用で髪が抜けるかもしれないと不安になったが、俺が使っている抗がん剤は脱毛する確率が低いらしい。
　幸いにも髪は抜けずに残った。
　腫瘍が大きくなれば、数ヶ月から半年で抗がん剤が効かなくなる。
　そうなったら、俺は死ぬんだろうか。
　医者からは、ほとんど絶望的なことしか言われなかった。
　病気だとわかったときには、余命１年。
　しかも、膵臓は沈黙の臓器と言われるらしく、末期になるまで症状が現れにくいんだとか。
　俺も同じで、末期の膵臓癌のために手術はできない。
　進行をできるだけおさえる目的で抗がん剤を使ってるけど、正直言って副作用がしんどかった。
　少しでも長く生きてほしいって言う家族には悪いけど。
　いずれ効かなくなるなら、やる意味ないんじゃないかって思い始めている。
　なら俺は、残された時間をどう使えばいいのだろう。
『それにしても、寒いな』
　今日はうちの高校の入学試験。
　俺は、入試係になってしまった。
　受験生を会場へ案内したりする係なのだが、休日に学校

に行くなんて面倒だ。

係になっていない生徒がうらやましい。

マフラーを巻いてコートを羽織った俺は、なんとなく損した気分で学校への道のりを歩いていた。

『はぁ……』

息が白いな。

空には分厚い雲……雪でも降りそうだ。

『あーっ、緊張するね！』

『うんうん、私は手が震えてきたよ～』

俺の横を近所の中学校の制服を着た女の子たちが、追いこしていく。

今日の受験生かな。

２年前は俺もあの中の一員だったんだと思うと、時の流れは早いなと思う。

気づけば、もうすぐ３年生になるんだからな。

俺は卒業できるんだろうか。

いや……無理だろうな、きっと。

そう思うと、毎日が無意味に思えてしまう。

学校に来ているのは、人と話していると迫ってくる死の恐怖(きょうふ)から気をまぎらわせることができるからだ。

学びたいとか、大学に行きたいとか、そういう志があるわけじゃない。

将来がないのに、勉強する気にもならないからな。

無気力感にさいなまれながら、幹線(かんせん)道路沿いの歩道を歩いていると、胃の内容物がせりあがってくるような不快感

を感じた。
『うっ……』
　急に吐き気がやって来て、俺は口もとを押さえるとしゃがみこむ。
　最近、ずっとこんな調子で食欲も湧かず、毎日だるい。
　あげく、風疹にかかって3日間くらい高熱を出していた。
　病みあがりの登校は、体への負担が大きかったみたいだ。
『くっ……はぁっ』
　余命宣告されてるのに、なんで係なんか引きうけてるんだろう。
　クラスメイトから、『お前がいれば受験生の士気があがる』とかいうワケのわからない理由で無理やり押しつけられたんだよな。
　……迷惑極まりない話だ。
　まぁ、みんなには病気のことを知らせてないから仕方ないけど。
　この学校で知ってるのは、教師だけだ。
『あの、大丈夫ですか？』
『え……』
　俺の顔をのぞきこんできた誰かに視線を向ける。
　そこにいたのは、可愛らしい顔立ちの女の子だった。
　色素の薄いブラウンがかった瞳と、同じ色の天然パーマの長髪が視界の中で揺れる。
　今は冬なのに、彼女は春を思いうかばせるやわらかい雰囲気をまとっていた。

よく見れば、この近くにある中学校の制服を着ている。
　この時間に俺と同じ方向へ向かっているということは、どうやらうちの受験生らしい。
『あの……？』
　女の子の声に、我に返る。
　心配してもらってるのに、俺はなにをやってるんだ。
　つい彼女に見惚れてしまっていた。
『あ、あぁ……少しだけ吐き気がして……』
　自然と弱音を吐いた自分に、心底驚いた。
　普段の俺なら、見ず知らずの女の子に迷惑をかけるようなことは絶対にしない。
　こんなに正直に答えたら、彼女が心配するじゃないか。
『そうだったんですね……なら休まないと』
　そう言って、キョロキョロとあたりを見回す女の子。
　もしかして、休む場所を探してくれてるのか？
　この子だって、受験があるだろうに。
　自分より他人を優先する、優しい子なんだな。
『いや俺、高校に行かなきゃいけないから……』
『あの……その制服、南高校のですよね？　私、今日受験するんです』
　フワリと笑う女の子に、俺はなんともいえない胸の高鳴りを感じた。
『よければ、一緒に行きませんか？』
　女の子はそう言って、手を差しのべてくる。
『あ、え？』

『一緒にいれば、なにかあったときに助けられますから』
　当然とばかりに、助けると言う女の子。
　俺は目を丸くするばかりだった。
　面倒とか、思わないのか？
　早く試験会場に行きたいはずだろう。
『行きましょう』
　伸ばした手を、さらに近づけてくる女の子。
　座りこんでいた俺は、無意識にその手を取っていた。
　出会ったばかりなのに、この子には自然と頼ってしまっている。
　俺、どうしちゃったんだろう。
　こうして、なぜだか女の子と一緒に高校へ向かうことに。
　しかも、女の子に手を引かれながら。
　どっちが年上かわからないな……。
　苦笑いを浮かべていると、女の子が俺を振り返る。
『私、叶野美羽といいます』
『美羽さん……』
　可愛い名前だな、この子にぴったりだ。
『俺は須々木棗だ。きみの２学年上になると思う』
『棗先輩……はい、よろしくお願いします。私、がんばって合格しなきゃですね！　先輩にもう一度会えるように』
　そう言って笑う美羽さん。
　今まで出会ったことのないタイプかもしれない。
　純粋で素直、無垢（むく）って言葉がピッタリな女の子だ。
『先輩、体調は大丈夫ですか？』

『あぁ、うん……おかげさまで』

　本当はまだ気持ちが悪かったけど、この子に心配かけちゃいけないと笑みを作る。

『ふふっ、よかったです』

　それにしても、よく笑う子だな、この子。

　向けられる笑顔に、俺はいつの間にか目が離せなくなる。

『きみもこれから受験で時間が惜しいはずでしょ？　どうして、声をかけてくれたの？』

　ふと、気になったことを尋ねてみる。

　すると彼女は、きょとんとした顔で俺をじっと見た。

『なんでそんなことを聞くんですか？』

『なんでって……普通、早く学校に行って勉強したいとか思うでしょ。だから、見て見ぬふりしない？』

　本気でわからないといった様子の彼女に、そう説明したのだけれど。

　今度は首を傾げられてしまう。

『受験よりも先輩の命の方が、大切に決まってます』

『え……なんの見返りもないのに、俺の命の心配をしてくれるの？』

『命よりも大事なものなんて、ないです』

　ハッキリと、美羽さんは言いきった。

『きみは……』

　人に優しくすることが、自然にできる子なんだな。

　俺なんか、あと少ししか生きられないのに。

　未来のない命を大切だと言ってくれた。

残りの時間をどう生きればいいのか迷っていた。
なんとなくだけれど。
彼女の一言が、俺に道を示してくれた気がする。
受験よりも、俺の命が大事……か。
彼女は自分にとって、なにが大切なのかを見極めてる。
俺にとって大事なものとは、なんだろう。
……生きるというのは、ただ寿命をまっとうすることじゃないのかもしれない。
志を遂げるとか、誰かにどれだけ感謝されただとか、夢に人生を賭けられただとか。
時間の長さより、質が大事なのだと思う。
そんなことを彼女に教えられた気がした。
『それじゃあ、ちゃんと保健室に行ってくださいね』
校門にたどり着くと彼女が俺の方に向きなおり、念を押してくる。
『ははっ、仰せのとおりに』
初めて会ったばかりの人間に、ここまで優しくできる子はめずらしい。
彼女が声をかけてくる前。
道端でどんなに俺が苦しんでいようと、手を差しのべてくれた人なんて誰ひとりいなかった。
それぞれ仕事があり、学校があり、受験とか人生を左右するイベントがあるから、俺にかまってる時間なんかないんだ。
みんな自分の都合と親切心を天秤にかけて、申しわけな

さそうに素通りしていった。
　世の中の人間は、自分のことしか考えていない。
　それが普通なんだ。
　みんな生きるために必死だから。
　だから、俺は素通りした人間を責めようとは思わない。
　自分に、限りある時間を割いてまで助けたいと思われるような価値があるとは考えられないから。
　でも、この子は……美羽さんだけはちがった。
　きみだけは、迷わず声をかけてくれた。
　手を差しのべてくれた。
　俺にかまわず学校に向かっていたら、試験前に勉強する時間もあっただろう。
　だけど、俺のせいで集合時間ぎりぎりだ。
　彼女は、大事な時間を俺のために使ってくれたんだ。
『あの、また会えるといいですね』
　そう言って微笑むと、彼女は試験会場へと向かう。
　その背中を見送りながら、俺は心に決めた。
『なにがあっても、きみにもう一度会いにいくよ』
　今日の恩返しをするのはもちろんだけど、なによりきみとの出会いをここで終わらせるのは嫌だった。
　きみのことを、もっとたくさん知りたい。
　こんな短時間に、おかしいって思われるかもしれない。
　だけど、俺はきみを好きになってしまったんだと思う。
『また会おうね』
　今度きみに会うときまでには……。

きみがしてくれたように、誰かのために自分を犠牲にしてでも手を差しのべられるような、強い男になるから。

この瞬間、俺に残された1年という時間に希望の光が差した気がした。

今まで見えなかった成しとげたいことが、ようやく見つかったんだ。

この3ヶ月後、俺は完全に抗がん剤の耐性がつき、治療は困難だと医者から告げられた。

それをきっかけに、俺は最期まで自分らしく生きるため、治療はもうしないと家族に伝えた。

今までは家族の辛そうな顔を見るのが嫌で。

家族が望む治療は、なんでもやってきた。

だから、こんな風にハッキリ意思表示したのは初めてだった。

もちろん反対されて、まだ治療をするように言われてしまったけど、これだけは譲れない。

だって、俺の人生だから。

でも結局、家族には最後まで理解してもらえなかった。

何度話しても、『少しでも長く生きるために、治療をしてほしい』という回答しか返ってこない。

話は平行線だった。

わかり合えないと思った俺は、逃げるようにしてお父さんと同じ会社に海外赴任中の従兄のマンションで、ひとり暮らしを始めた。

従兄は誰かが住んでてくれた方が部屋が傷まないからと、快く俺に貸してくれている。
　　家族には申しわけなかったけれど、この選択が正しいと俺は思っていた。
　　この命が尽きるとき、俺は十分幸せだった。
　　そう断言できるような最期を迎えるために決めたことだから。

　　＊＊＊

　　記憶の旅から帰還した俺は、美羽の隣に寝そべった。
「俺はきみと出会った頃より、強くなれてる？」
　　そのやわらかそうな髪に手を差しこみ、尋ねる。
　　もちろん、彼女は眠っているので返事はない。
「きみのように、大事なものを見据えることができているかな？」
　　美羽は強い。
　　自分を犠牲にしても、信じた道を貫けるから。
　　だから俺も、きみのようになりたい。
「今度は……俺の時間をきみにあげる」
　　もう少しだけ身を寄せて、彼女の前髪をかきあげた。
　　あらわになった額に、そっと唇を寄せる。
　　口づけしようとした。
　　だけど、できなかった。
「きみにキスをする資格なんて、俺にはないよな……」

俺にとって大事なもの、それはきみだ。
　残された時間でしたいこと。
　それは美羽を幸せにすることだから。
　きみに恋愛感情を込めて触れるのだけは……だめだ。
　俺は置いていく側の人間で、美羽の未来にはいない。
　それじゃあ、彼女を幸せにはできないから。
「俺にできるのは、ここまでだ」
　額をコツンと重ねる。
　伝わってくる彼女の体温に、泣きそうになった。
　叶うなら、少しでも長くきみのそばにいられたらいい。
　触れてしまったからだろう。
　そんな貪欲な願いを抱いてしまった。

Episode 5：悲しみごと抱きしめて

【美羽side】
　棗くんと暮らすようになって２週間が経った。
　今日は土曜日。
　朝６時半に起床した私は、朝ご飯作りに取りかかる。
　棗くんはまだ起きてこない。
　朝が苦手らしく、いつも私より遅く起きるのだ。
　居候してからずっと、棗くんとは同じベッドで寝てる。
　彼の隣で目が覚めると、いつもだるそうにベッドの中でモゾモゾしているのをよく見かけた。
　じつはそんな朝の光景に、幸せを感じてる。
　眠っている棗くんが、窓から差しこむ朝日に「うーん」とうなってる姿を見ると癒やされるんだ。
「これくらいかなぁ」
　目の前でグツグツと煮えているのは、トマトスープ。
　カップ麺生活をしてきた棗くんの体は、恐ろしく野菜が欠乏しているはず。
　そう思った私は、野菜中心の食事を作るように心がけている。
「あ、ハムの焼き具合もバッチリだ」
　今日はシーザーサラダに厚切りハム、それからふわふわのスクランブルエッグを作った。
　朝食っぽいメニューにしてみたんだけど、棗くんに気に

入ってもらえるかな。
「主食はパンとご飯、どっちにしよう」
「それなら、パンがいいな」
　……え？
　ひとり言に答えが返ってきて、私はあわてて振り返る。
「わぁっ、棗くん！」
　電波を受信できそうなアホ毛をあちこちから出した棗くんが、私のうしろに立っていた。
　この家に来たばかりのときも思ったけど、棗くんって気配を消すプロだよね。
「ふわぁ、おはよう美羽」
　あくびをしながら、まだボーッとしている棗くん。
　なんか、こういう無防備な棗くんは可愛い。
　母性本能をくすぐられて、胸がキュッとした。
「おいしそうなご飯の匂いと、美羽の可愛い声で目が覚めたんだ」
「棗くん、もう……お世辞はお腹いっぱいです！」
「ははっ、お世辞じゃないのに」
　そう言って、私の頭をなでる棗くん。
　やっぱりこれ、頻度が増してるよね。
　棗くんに頭をなでられるのは、うれしいけど……。
　照れくさいし、顔に出てしまうから困る。
　おろおろしていると、棗くんはふとなにかを憂うような顔をした。
「あと何回……こんな朝が来るのかな」

「え？　棗くんが私をそばに置いてくれる限りは、ずっと続くと思いますけど……。迷惑ですか？」
　棗くんの言葉に、私は不安になる。
　居候もいいかげん迷惑だな……なんて。
　思われてたらどうしよう。
「ちがうよ、美羽。俺はこんな幸せな日がずっと続いてほしいって、願ってるんだよ」
「わっ」
　棗くんがうしろからギュッと抱きしめてくる。
　なに、この状況！
　振り返っていいの？
　いや絶対顔赤いし、見られたらはずかしいよ。
　もう、どうすればいいんだろうっ。
　背中に感じる体温に、心臓が破裂しそうになる。
　彼の腕を振り払うこともできず、私は借りてきた猫みたいになっていた。
「な、棗くん!?」
　どうして私のこと、抱きしめるの！
　棗くん、スキンシップが激しすぎるっ。
　まさか……誰にでもこんなことしてるの？
　そろりと棗くんの顔を見あげる。
　彼は心外だとばかりに、唇をへの字にした。
「今、誰にでもこんなことしてるのかって思った？」
「え……」
　ギクリと体を強ばらせれば、怖い顔をしていた棗くんが

フッと笑う。
　どうやら、怒ったふりをしていたみたいだ。
　私の考えなんて、棗くんにはお見通しなんだね。
「優しくするのは、美羽にだけだ」
　ドキンッと心臓が跳ねる。
　私にだけって……。
　そんな言い方されたら、特別だと言われているみたい。
　そんなわけ、ないのにね。
　棗くんと過ごした時間なんて、ほんの数日のはずなのに。
どうしてこんなにも、心をかき乱されるんだろう
　この人が気になるんだろう。
「さ、美羽のおいしそうな朝ご飯を食べさせて」
「あ、はい！」
　動揺して声がうわずった。
　それに気づくことなく、棗くんは私の作った朝食をうれしそうに見つめている。
「棗くん、まだ寝ぼけてますか？」
　寝ぼけて私を抱きしめたのだとしたら、少し寂しい。
　って、どうしてそんなことを思うんだろう。
　自分の気持ちが、よくわからない。
「うん？　もう、すっかり目が覚めてるよ？」
「そ、そうですか……」
　じゃあ、どういうつもりで私に触れてるんだろう。
　きみはいつも余裕そうで、私だけが焦ってる。
　それが少し寂しい。

きみは私のこと、妹くらいにしか思ってないのかな。
　って……あれ？
　私、棗くんになにを求めてるんだろう。
　居候させてもらってるだけでも、ありがたいのに。
「美羽、いつも朝ご飯ありがとう」
「うっ、はい……どういたしまして」
　棗くんはふっと笑って、洗面所へ消えていく。
　あぁ……あの笑顔は反則だ。
　棗くんは、カッコいい。
　見た目はもちろんだけど、心も。
　みんなが追いかけたくなる気持ちが、やっとわかった。
　でも、これじゃ私がもたない！
「心臓が止まりませんように……」
　キッチンに私のつぶやきが響く。
　なんか、どっと疲れたな。
　謎の疲労感に襲われながら、私はテーブルへと朝食を運んだ。

　食事中、おもむろに棗くんがフォークを置いた。
「美羽、今日は少しだけ出かけてきてもいいかな？」
「お出かけ……ですか？」
　そういえば、棗くんが私を置いてどこかへ出かけることってなかったな。
　今までは平日で学校があったからっていうのも、あるんだろうけど。

放課後は毎日一緒に帰ってるし、誰かと遊んでる様子もない。
　彼のことだから、私が心配で外に出られなかったのかも。
　友達だっているだろうし、私だけが棗くんを独占するわけにはいかないよね。
「それはもちろんです。なにか用事ですか？」
　ふたりで朝食をとりながら聞き返すと、彼は曖昧に笑ってうなずく。
　その顔は無理しているようで、少し気になった。
「なんだか……乗り気じゃなさそうですね？」
　思ったことを素直に言葉にしてみると、棗くんは一瞬驚いた顔をして、すぐに苦笑いを浮かべる。
「美羽にはバレバレだね。そうなんだ、少しだけ憂鬱な場所でね……すぐに戻ってくるから」
「急がなくても大丈夫です。お留守番くらい、ひとりでできます！」
「いや、飛ぶ勢いで帰ってくるから」
　飛ぶ勢いって……。
　棗くん、どれだけ心配性なの！
　私のこと、小学生くらいに思ってるんじゃ……。
　ガーンッと勝手に落ちこんでいると。
「美羽、帰りに甘いものでも買ってくるよ。なにが食べたい？」
「あ、えと……じゃあ、プリンがいいです」
　私は大好物のプリンをお願いする。

すると、棗くんは優しい眼差しで笑いかけてきた。
「承知しました、お姫様（ひめさま）」
　お、お姫様って……！
　首を傾（かたむ）けて、茶目っけたっぷりに笑う棗くん。
　わざとらしくお辞儀までしだす彼に、私は頬をふくらませる。
「な、棗くん、またからかってますね！」
「ははっ」
「もうっ……笑いごとじゃないですよ。でも、棗くんの帰りをちゃんと待ってますから」
　今日はきみの憂鬱な気持ちが軽くなるように、おいしいご飯でも作って待っていよう。
　私がいるうちは、棗くんのためにできることを全力でしようって決めたから。
　それが、私の恩返しだ。
「っ……そっか、なんかうれしいな。美羽が待っててくれるなら、なおさら早く帰らないと」
　そう言って笑った棗くんの顔はさっきより明るくて、私はホッと胸をなでおろしたのだった。

　棗くんを送りだしてから、5時間が経った。
　時刻は午後2時。
　私は洗濯機を回したり、掃除機をかけたりと家事に精を出していた。
　換気（かんき）をしようと窓を開けると、空が灰色に曇っているこ

とに気づく。
「棗くん、傘……持っていってないよね？」
　今にも降りだしそうな雨。
　私はベッドの上に置きっぱなしだったスマホを手に取り、棗くんに電話をかけた。
「棗くん、出るかなぁ……」
　棗くんの家に初めて来た日に、連絡先を交換しておいてよかった。
『もしもし、美羽……？』
　コール音が途切れ、すぐに棗くんの声が聞こえた。
　少しくぐもった、低い声。
　なんだろう、いつもより暗い気がする。
「えっと……棗くん、用事は終わりましたか？」
『うん、ちょうど今終わったところだよ。あ、雨だ……』
　棗くんは外にいるみたいだった。
　やっぱり、雨降ってきちゃったんだ……。
　スマホを耳に当てながら、私は窓に歩み寄る。
　窓ガラスには、雫がいくつもくっついていた。
「棗くん、迎えにいってもいいですか？　傘、持っていきます！」
『え？　でも、面倒じゃない？　あとは帰るだけだし、これくらいなら大丈……』
「だめですよ！」
　濡れて風邪でも引いたらどうするの？
　棗くん、こんなときまで私の心配をするんだから。

もう少し、頼ってくれてもいいのに。
「あ、あの！　酸性雨はハゲるらしいですし！」
　私は必死に、棗くんを説得する。
『……ぶっ!!』
　すると、数秒の沈黙のあと、吹きだされた。
「な、棗くん……。もしかしなくても、笑ってます？」
『ははっ、まさかこの歳でハゲる心配されるとは……ぶっくく、思ってなくって……くくっ』
「もう……本気で心配してるんですよ？」
　棗くんにつられて、私まで笑いがこみあげてくる。
　棗くんが笑ってくれてよかった。
　少し、元気がないような気がしたから。
『ありがとう、美羽。それじゃあ、甘えてもいいかな？』
「あ、もちろんです！」
『それじゃあ、駅前に来てくれる？』
　駅前……。
　棗くん、電車でどこかに行ってたのかな？
　それなら、ここから10分くらいで着きそうだ。
「はい！　すぐに行きます！」
『ぷっ、ゆっくりでいいよ。気をつけてね』
　電話が途切れた瞬間、私は嵐のようにバタバタと準備をして家を飛び出した。

　外に出ると、ザァァァッというけたたましい音とともに、大粒(おおつぶ)の雨が傘にぶつかる。

駅前に着く頃には、靴からふくらはぎまでびっしょりと濡れてしまっていた。

この雨の中、傘も差さずに棗くんを帰らせるはめにならなくてよかった。

棗くんのことだから私が電話しなかったら、ずぶ濡れになって帰ってきたんだろう。

自分でなんとかしようとしてしまう人な気がする。

ちょうど電車が到着したのか、遠目に改札からどっと人が出てくるのが見える。

「棗くん、どこだろう」

目を凝らして、人混みの中に棗くんの姿を探す。

その中に、頭ひとつ分飛び出た棗くんの姿を発見した。

「棗くーん！」

改札に着く前にブンブンと手を振れば、棗くんがハッとしたようにこっちを見る。

彼は私の姿を視界にとらえたとたん、笑顔を浮かべた。

そのまま駅を飛び出して、私の差している傘の中へ駆けこんでくる。

「おかえりなさい、棗くん」

「ただいま、美羽」

うれしそうに笑って、棗くんは私の手から傘を取ると、代わりに差してくれた。

「待っててくれたら、改札前まで迎えにいったのに」

少しの間だけど、雨の中を走ってきたせいで、棗くんの前髪は濡れて額に張りついている。

「美羽の姿を見たら、待ちきれなかったんだ」
「あわてんぼうなんですね、意外と」
「そういうんじゃなくて……早く会いたかったんだよ」
「え！」
　早く会いたかったって、私に!?
　驚きとはずかしさとが胸の中に同居してる。
「顔を見たら、なんかホッとした」
「棗くん……あっ」
　棗くんの肩が濡れてる。
　私の方にばかり傘を傾けてるからだ。
　優しいきみのことだから、私が気づかなかったら、そのまま帰るつもりだったんだろうな。
「棗くん、もう１本傘持ってきたから、これ使って！」
　傘を差しだすと、棗くんは首を横に振った。
「せっかくだから、一緒に入ろうよ」
　なんだかウキウキしている様子の棗くん。
　濡れちゃうのにいいのかな？
　でも、棗くんが楽しそうだからいっか。
　家を出るときは元気がないように見えたから、できれば棗くんが笑顔になれることをしたい。
　それが相合傘なら、喜んで付き合う。
「じゃあ、これで帰りましょう！　そのかわり、ちゃんと自分の方にも傘を傾けてくださいね」
「はい、美羽様の仰せのままに」
「もうっ、棗くん私の話ちゃんと聞いてます？」

わざとムッとした顔をする。
だけど、我慢できなくてすぐに「ぷっ」と吹きだした。
そんな私を棗くんはまぶしそうに見つめる。
その視線がくすぐったくて、視線を落とした。
傘を２本持ってきたのに、必要なかったな。
手もとの傘を見ながら、そんなことを考えていると棗くんに顔をのぞきこまれた。
「美羽は、家でなにしてたの？」
「お掃除とか、洗濯をしてました」
「いつもいろいろやってもらっちゃって、ごめんね？」
棗くんは料理もだめだけど、洗濯機や電子レンジを破壊しかける家電オンチでもある。
ゆで卵を電子レンジで作ろうとして、爆発させたこともあった。
「私が好きでやってることですから。それに、マンションで火事とかシャレにならないので！」
だからぜひとも、家事は私に任せてほしい。
命のために！
そんなことを話しながら、寄りそって雨の中を歩いているとカサリという音がした。
ん……？
視線を落とすと、棗くんの傘を持っていない方の手にビニール袋が握られていることに気づいた。
中には『頓服』と書かれた薬袋が入っている。
これって、病院でもらう薬だよね？

今日は病院に行っていたのかもしれない。
　朝、憂鬱そうに見えたのも体調が悪かったからなのかな。
　心配になった私は、聞いてみることにした。
「棗くん、体調が悪いんですか？」
「え？」
「その……薬ですよね、それ」
　私の視線の先にあるものに気づいて、棗くんは「あぁ」と困ったように笑うと袋をうしろに隠す。
「痛み止め……なんだ。昔から頭痛持ちで」
「あっ、そうだったんだ……よかった」
　って、よくもないんだけど。
　風邪とかだったら、どうしようかと思ってたから……。
　でも市販薬じゃなくて、わざわざ病院で処方してもらってるんだ。
　そんなにひどい頭痛なら、大変だ。
「ストレスがたまってるとなりやすいっていいますし……私がいるうちは、たくさん休んでくださいね！」
「あ……ははっ、ありがとう美羽」
　よし、決めた。
　今日のお風呂は、いい入浴剤でも買って棗くんにゆっくり休んでもらおう。
「棗くん、入浴剤を買って帰ってもいいですか？」
「入浴剤？」
「はい！　棗くんの好きな入浴剤を買いましょう！」
　意気込むと、棗くんは一瞬泣きそうな顔をした。

……棗くん？

　驚いてその顔を凝視する。

　けれど、すぐにいつもの笑顔に変わってしまう。

「俺のために……うれしいな。でもね、俺にとっていちばん心安らぐのは美羽といる時間だよ」

「えっ？　わ、私はなにも……」

「わかってないなぁ。俺は美羽の存在に救われてるんだよ」

　顔をのぞきこまれて、頬に熱が集まる。

　棗くんは、無意識なのかもしれないけど。

　きみの言葉に毎回あたふたして、私は心も体も変になる。

　だから、あんまりドキドキさせないでほしい。

　そんなことを考えていると……。

「お前……こんなところでなにしてるんだ」

　ふいに聞き覚えのある声がして、足を止める。

　そんな私に気づいて、棗くんも一緒に立ちどまった。

　この声……嘘、どうして？

　声の主は、ビニール傘ごしにこちらを見つめている。

「お父さん……」

　私たちの目の前にあったのは、数日ぶりに見るお父さんの姿だった。

　最後に会った日より、少し痩せてる……。

　ご飯、食べてないのかな。

　どんな目にあったとしても、そばを離れちゃいけなかったのかもしれない。

　お父さんは、私が声をかけなければ仕事に行かない。

ご飯も食べないし、片づけもしない。
　考えればわかったはずだった。
　自分の父親なのに、私は見捨てたんだ……。
「こんなところで、なにしてるんだと聞いてるんだ!!」
　お父さんの怒鳴り声に、ビクリと体が震えた。
　すると、棗くんが１歩前に出て、私を背中にかばう。
「美羽さんは、俺の家に泊まっていました。お父さんに連絡もせず、すみません」
「棗くん……」
　棗くんが悪いんじゃないのに……。
　私のために、頭をさげてくれている。
　自分が傷つきたくないがゆえに巻きこんでしまった棗くんのことを考えて、罪悪感に胸がズキズキと痛んだ。
「お前には聞いていない、さがってろ！」
　ヒステリックに叫ぶお父さんを前に、棗くんは動じることなく見据える。
「ですが、今は俺が彼女の身元引受人です」
「子供がえらそうなことを言うな！」
　棗くんにつかみかかろうとしたお父さん。
　私は我慢できず、とっさにふたりの間に飛び出した。
「お父さんっ、もうやめて！」
　昔の優しかったお父さんは、どこに行っちゃったの？
　どうして、そんな風に怖い顔をしてるの。
　２年前のあの日から、なにもかもが変わってしまった。
　私もお父さんもきっと、お母さんが死んでしまった過去

に囚(とら)われて、今も動き出せずにいる。

でももう、どうすることもできないんだ。

この２年間ずっと、私とお父さんの関係は壊れたままだったから。

今さら、修復することなんてできないのかもしれない。

「お前が勝手にいなくなったからだろ！　誰が俺の飯を作る？　酒を買ってくるんだ！」

そうだね、お父さんにとって私は娘じゃない。

ただの……家政婦だ。

「娘としての役割を果たせ！」

「娘だなんて、思ったことないくせに……」

自分でも、驚くくらい低い声が出た。

そばにいた棗くんが驚いたのがわかる。

でも今の私は、いい子でいることができなかった。

誰にどう思われようと、かまわない。

心の中に１本だけ張りつめていた糸。

父への愛情の糸が、プツリと切れてしまったのだ。

「私がいなくなっても、連絡ひとつくれなかった。なのに、都合のいいときだけ娘だって言う」

お父さんに、ただ認められたくて必死だった私。

そんな自分が滑稽(こっけい)に思える。

なにをしたって、どれだけ時間が経ったって、お父さんが私を娘として見てくれる日は来ない。

お母さんが、戻ってこない限り……。

それは叶わないから、私は永遠にお父さんとわかり合え

ないんだろう。
「私はっ……お父さんの娘なんかじゃない！　あの家には、もう帰らないからっ」
「お前、自分がなにを言ってるか、わかってるのか!?」
　お父さんは私に近づくと、拳(こぶし)を振りあげた。
　殴(なぐ)られるっ！
　そう思って目を閉じたのに、痛みはいっこうにやってこない。
　ゆっくりと目を開ければ、そこにはお父さんの腕をつかむ棗くんの姿があった。
「……美羽さんは、お父さんの道具ですか」
　私を背中にかばうように立つ棗くんの顔は、私からは見えない。
　だけど、聞いたことのないような低い声に、すごく怒っているのがわかった。
「よそ者が、首を突っこむな！」
「俺は美羽さんのことを大切に思っています。だから、よそ者なんかじゃない。必要ないと言ったのは、お父さんの方でしょう？」
　私が棗くんと出会った日に、話したこと。
　覚えていてくれたんだね。
　それで今は、私の代わりに怒ってくれている。
　棗くんが言葉にしてくれたことで、胸の内にたまっていた苦しさが吐きだされていくようだった。
「俺には、美羽さんが必要です。傷つけて捨てるくらいなら、

俺にください」
　トクンッと心臓が音を立てる。
　その音波は傷ついた私の心に染みこんでいくようで、今まで感じていた悲しみや胸の痛みが少しだけ和らいだ。
「お前……頭おかしいんじゃないか？　ガキがわかったような口をきくな」
「ガキでも正しいこととそうでないことくらい、わかります。今のお父さんに、美羽さんは返せません」
　そう言った棗くんに、グイッと肩を引きよせられる。
　コンクリートの上に傘が落ちて、雨の中で抱きしめられるような格好になった。
「でも美羽、美羽が望むのなら……手放してもいい」
「え……？」
　棗くんは耳もとで、私にしか聞こえない声でささやく。
　胸が締めつけられるように苦しくなった。
　棗くんと離れるのは、嫌だ。
　自分でも驚くくらい、答えはすぐに出た。
　棗くんといると心がほっこりする。
　私はここにいてもいいんだって、思える。
　私を暗い絶望の海の底から、救ってくれたのはお父さんじゃない。
　まぎれもなく、棗くんだから。
「でも、お父さんから無理やりさらいたいと思うくらいには……俺、美羽のことを必要としてる」
「あっ……」

こんな、誰にも必要とされていない私を……。
きみは必要としてくれているの？
「どう、して……」
「美羽といると、幸せな気持ちになる。そのたびに、生きてるって実感するんだ」
　あぁ、私と同じだ。
　きみと重ねる日々の中で、ふと幸せを感じる。
　ご飯をおいしいと言ってくれること、目覚めてすぐに見える棗くんの寝顔、なにげない会話のすべてが……。
　私の寂しさを埋めてくれてた。
　そのたびに、私も生きてるって実感できたんだよ。
　きみの言葉が、私を励（はげ）ますために出たでまかせでもいい。
　家族の縁（えん）より、私は自分を求めている人と一緒にいたい。
　心がないとわかっているのに、そばにいるのは耐えられないから。
「私……」
　今度は逃げないで、ハッキリお父さんに言おう。
　私は自分で望んで、棗くんのそばにいるって決めたから。
「私、家には帰らない」
「なっ、なにを言ってるのか、わかってるのか！」
「ちゃんとわかってる。私は、私を必要としてくれる人のそばにいたい。だからお父さん……ごめんなさい」
　頭をさげると、お父さんは驚いたような、傷ついたような顔で私を見つめる。
　どうして……お父さんがそんな顔をするの？

必要のない子供だったんでしょう？
　お母さんじゃなくて、私が死ねばよかったって言ったじゃん。
　家族なのに、お父さんの考えてることがわからない。
「……勝手にしろ」
　そう言って、お父さんはゆっくりと背中を向ける。
　遠ざかっていく背中が寂しそうに見えたのは、私の願望かもしれない。
　少しでも、私を手放したことを後悔してほしいと思ってしまった。
「ふっ……うぅっ」
　お父さんがいなくなって、急に緊張が解けたからか、私はこらえきれずに泣きくずれた。
「美羽、がんばったね……」
　そんな私を抱きとめてくれる棗くん。
　雨が容赦なく体を打ちつけてくる。
　体とともに冷えきっていた心を、棗くんの温もりがなぐさめてくれていた。
「お父さんは……本当に私がいらないんだ」
「美羽……」
「お母さんの代わりに、私が死ねばよかったなんて言うんだよ？　もう……私の居場所はっ、あの家にはないっ」
　棗くんにすがりついて、ポロポロと泣く。
　雨が降ってくれていて、よかった。
　この涙もすべて、雨のせいにできるから。

「だったら、私はどこに行けばいいのっ」
　……誰かに愛されたい。
　そう思ってしまう弱い自分が、嫌い。
　誰かに愛されなくたって、ひとりで生きていければいいのに。
　その強さがあったら、こんなに泣かずに済んだのに。
「美羽は、俺のところに帰ってくればいい」
「え？」
　涙でぐちゃぐちゃになった顔をあげる。
　すると、真剣な瞳で私を見つめる棗くんと目が合った。
「俺がいる限り、美羽は俺を帰る場所にしていいんだ」
「棗くん……」
「それにね、美羽は誰かの代わりになる必要なんてない。美羽のままでいいんだ」
　私のまんまで……。
　でも、お父さんはそう言ってくれなかった。
「私は……ずっとお父さんに必要とされたくて、がんばって家事もやってきたんです」
「うん」
「でも、お母さんの代わりにはなれなくて、娘としても必要としてもらえなかったんです！　なのに、私のままでいいなんて思えないっ」
　棗くんは私のままでいいって言ってくれる。
　だけど、怖いんだ。
　いらないって言われたあの言葉が、つねに頭の中で聞こ

える。
　今までどんなにがんばっても、見向きもされなかった。
　こんな私のこと、誰も愛してくれるわけないって思ってしまうんだ。
「そうか……だから美羽は、自分のことを〝私なんか〟って言うんだな。俺は……ただ美羽がそばにいてくれれば、それでいいのに」
「ただ、そばにいるだけでいいんですか？」
　お世話になってばかりなのに。
　きみになにも返せていないのに。
　私になんの価値があるっていうんだろう。
「そうだよ。きみがいてくれるだけで、俺はうれしい」
「どうして……」
　そんな風に断言できるの？
　どうして、棗くんは……。
「そんなに優しい言葉をかけてくれるんですかっ」
「美羽が想像している以上に、俺はきみのことが大切だからだよ」
　その言葉の意味が、わからない。
　だけど、背中に回る腕が、言葉のひとつひとつが、私を大事に思ってくれているんだと教えてくれる。
　今は、それだけでいいのかもしれない。
　棗くんのそばは、世界のどんな場所より温かい。
　そんなゆりかごみたいな場所で、なにも考えずに眠ってしまいたかった。

「美羽、怖い夢を見た朝は、いちばんに抱きしめてあげるし、寂しい夜は一緒に寝てあげる。泣きたいときはいつだって、その涙を拭うから」
「ううっ……ふっ……」
「俺は、美羽のためにここにいる」
　抱きしめてくれる棗くんの胸に、頬をすり寄せた。
　私の抱える悲しみごと、棗くんは受けとめてくれる。
「こうしてて……いいです……か？」
「うん、もちろん。美羽が望むなら、なんだって叶える」
「はいっ……」
　こんなにも誰かの前で自分の気持ちを吐きだしたのは、初めてかもしれない。
　あぁ、ここが私の居場所なんだ……。
　甘えられて、一緒にいて心が安らかでいられる場所。
　私を見つけてくれてありがとう、棗くん。
　棗くんと一緒なら、この冷たい雨さえも温かく感じた。

Episode 6：きみの笑顔が見たいから

【美羽side】

お父さんと会ってから、2日後の朝。

今日は月曜日なのだけど、おととい雨に濡れたせいで私は風邪を引いていた。

私は重いまぶたをゆっくりと持ちあげて、まっ先に棗くんの姿を探す。

「棗くん？」

隣で寝ているはずの棗くんの姿がない。

とたんに不安になって、棗くんが寝ていたであろう場所に手を伸ばした。

まだ温かい……。

棗くん、どこに行っちゃったんだろう。

体を持ちあげて、ベッドの上に座ると体の節々が痛む。

まだ、熱っぽいような……。

「美羽、目が覚めた？」

起きた私に気づいたのか、棗くんがそばにやってきた。

彼の姿を見たら、急に泣きたくなる。

「……棗くん……っ、よかった……」

よかった、いなくなってなくて。

大事な人が突然いなくなる。

あんな辛い思いをするのは嫌だよ。

ちゃんとここにいる。

そう実感させてほしくて、ジワリとにじんだ涙をこらえながら棗くんを見あげる。
「美羽……」
　棗くんは私を見つめて、目を見張っていた。
「なにも言わずに、突然いなくなったりしないから。美羽のそばにいるよ」
　言葉にしなくても、きみには私の言いたいことが伝わってるんだね。
　いつも、いちばんかけてほしい言葉をくれる。
「はい……はいっ」
　震える声で何度もうなずくと、棗くんは私の頬に触れて涙を拭った。
「美羽、体調はどう？」
「あ……まだ、体がだるいです……」
「熱、測るよ？」
　断りを入れて、棗くんは私の額にさわる。
「美羽、まだ熱いよ。今日は学校休まないと」
「でも……」
　これくらいで、学校休んじゃっていいのかな。
　だるいだけだし、がんばれば行ける気が……。
「こらこら、無理をするのが美羽の悪い癖だよ。具合が悪いときは休まないと、ね？」
「は、はい……すみま……」
「すみませんは、いらないよ」
　私が言おうとしていた言葉を、棗くんが瞬時にさえぎる。

私の考えてること、棗くんに完全に読まれてるな……。
「美羽、ほら横になって。今日も俺がそばにいるから」
　棗くんが私の肩を軽く押した。
　それに促されるように、私はベッドに体を倒す。
「今日もって……棗くんも休むんですか!?」
　棗くんまで休ませるなんて……。
　そんなことできないよっ。
　あわてて棗くんを見あげれば、ニコリと微笑まれる。
「学校なんて、俺にとっては重要じゃない。俺にとって大切なのは、美羽だからね」
「棗くん……」
　大切だなんて、どうしてそうも迷いなく言えるの？
　私は棗くんに、なにもしてあげられていないのに。
　なにも返せていないのに。
　むしろ風邪なんか引いて、迷惑をかけてる。
　昨日もインスタントのお粥を買ってきてくれたり、氷枕を換えてくれたりと世話を焼いてくれた。
　本当に申しわけなくて、私は目を伏せる。
「美羽が辛いとき、そばにいられてよかった」
　顔にかかった髪を優しく払ってくれる棗くん。
　それから、手の甲でいたわるように頬をなでられた。
「棗くんは……優しすぎます」
「優しい俺は、お気に召さない？」
　軽く冗談を言うみたいに笑う棗くんに、私は小さく微笑んで首を横に振る。

「いえ、そうじゃなくて……」

　なんでかな。

　今まで優しくされたくて、必死に尽くすことばかり考えていたのに。

　いざ優しくされると、たまらなく怖い。

　お母さんが死んで、お父さんが急に私を嫌うようになったことと同じように。

　この優しさも、いつかふとした瞬間に消えてしまうんじゃないかって思ってしまうからかも。

「うん、美羽は優しくされることに慣れていないからな。もっと、慣れていかないとね」

　棗くんのひんやりとした手が、顔の輪郭をなぞる。

　私を象るそれを愛おしむような触れ方に、ひとしずく涙がこぼれた。

「大丈夫だよ、美羽」

「は……い……」

　そう言って、棗くんがまた私の頭をなでるから、ホッとしてゆっくりとまぶたを閉じた。

　自分でも思いのほか、疲れていたみたいだ。

　学校に連絡もしなきゃいけないのに、やってきた眠気には逆らえず、私はそのまま眠りについてしまった。

　どれくらい、眠っていただろう。

　額にのせられる冷たい感触に、そっと目を開ける。

「あ、起こしちゃったか……。ごめんね、美羽」

「棗……くん……？」
　私の額に、濡らしたタオルをのせてくれたらしい。
　肩をすくめて謝る棗くんに、私は首を横に振った。
「学校には父親のふりして、連絡しておいたから」
「ありがとう……ございます」
　棗くんがお父さんのふり……聞いてみたかったかも。
　その様子を思い浮かべて、少しだけ笑みがこぼれた。
「美羽、お腹空いてない？」
「あ、そういえば……」
　時計に視線を向ければ、時刻は午後１時半。
　棗くん、もしかしてずっと看病してくれてたのかな。
　昨日も思ったけど、誰かにお世話されたのって何年ぶりだろう。
　お母さんが死んでからは、私がお父さんの世話を焼いていたから新鮮だな。
「美羽、なにも食べてないでしょ？　お粥作ってみたんだ、食べられる？」
「お粥……棗くんが……お粥っ？」
　聞きまちがいかと思って、２回言ってみる。
　あの、家事オンチの棗くんが料理を……大丈夫かな。
　昨日は料理ができないからって、インスタントのお粥を買ってきていたのに……。
「急に、どうして？」
　身の危険を感じていると、すでにウキウキしながら棗くんが台所へ向かっていた。

なんとも言えない気持ちで、彼の背中を見送る。
　明日は風邪どころか、腹痛に悩まされるかも。
「ははは……」
　つい、乾いた笑みをこぼす。
　少しして、棗くんは私のいるベッドに戻ってきた。
「おまたせ、美羽」
　そう言って、ベッドの上にお盆を置く棗くん。
　そこにのっているお粥は、なぜか黒かった。
「手作りの方が、美羽にちゃんと気持ちが伝わるかなって思ってさ」
「…………」
　気持ちは、ものすごくうれしい。
　だけど、これ……食べられるの？
　ゴクリと唾を飲みこみ、得体の知れない物体を注視する。
「俺が食べさせてあげるね」
　棗くんは、これを見ても大丈夫だと思ってるのかな。
　でも、味の確認はしてるんだろうし……。
　なにより、こんなに目をキラキラさせた棗くんの好意を無下にはできない！
「はい、あーん」
　棗くんはベッドに座って、私の口にスプーンを運ぶ。
　この黒さ……焦げてるわけじゃないのに、本当になにから生まれたんだろう。
　ここまでくると、不思議な好奇心が湧いてくるよ……。
　棗くんがせっかく作ってくれたお粥だもん、食べなきゃ。

……よし、どうにでもなれっ！
　覚悟を決めた私は、スプーンに向かって顔を近づけた。
「はむっ」
　あ、あれ……？
　驚異的な色をしたお粥を口にしたのに、訪れるはずの衝撃は来なかった。
　もぐもぐと口を動かせば、普通にお粥の味がする。
　しかも、なんでだかわからないけれど、おいしい。
「棗くん、これ……なにで味付けしたんですか？」
　言葉にはできない、絶妙な味。
　こんな色なのにおいしいって……すごい。
「うん？　んー、いろいろ入れたから覚えてないんだ」
「そ、そうなんですね……」
　これ以上聞くのはやめとこう。
　せっかく"味は"おいしいんだし、それでいいよね。
　自分に言い聞かせて、私は棗くんの手からお粥を食べる。
　心配してくれる人がいるって、いいな。
　うちは風邪を引いても、誰も心配してはくれない。
　家にいてもお父さんとケンカになるだけだから、無理やり学校に行ってたっけ。
「…………」
「美羽？」
　棗くんはスプーンをこちらに差しだしたまま、食べるのをやめた私を心配そうに見つめる。
　嫌なことって、どうしてなかなか記憶から消えてくれな

いんだろう。
　ふとした瞬間に、蘇ってくるから辛い。
「ごめんなさい、いただきま……」
　言いかけた言葉が止まる。
　あらためて棗くんが作ったお粥を見たら、ふいに視界が歪んだ。
「っ……看病されるって、こんなに心強いんですね」
　ずっと忘れてた。
　誰かに心配されたり、優しくされること。
　涙が目尻にたまると、落ちる前に棗くんの指がすくう。
「そうだね、辛いときに誰かがいると安心するよね」
「はい……っ。お母さんがいなくなって、今まであった家族の形もバラバラになって……っ」
　お前が死ねばよかった。
　そうお父さんに言われたことが、ショックだった。
　今までがんばってきたことも、無駄だったことが悲しい。
「結局、私はっ……お父さんにとって、いらないゴミと一緒だっ。お母さんの代わりに死ねばよかったって……そう言ったんだから……」
「美羽……美羽は捨てられては、ないんじゃないかな」
　お粥を食べるのも忘れて泣きだす私を、棗くんはそっと抱きしめて言った。
「でも、お父さんは……棗くんの前でも言ってましたよね？　私はお酒を買ってきて、ご飯を作るだけの家政婦と一緒だって」

「美羽のお父さんは、たしかにそう言ったけど……。俺は、美羽に帰ってきてほしいんじゃないかって思った」

そうかもしれない。

でもそれは、私がいないと家事をする人間がいないからってだけだ。

それ以外に、なんの理由があるっていうんだろう。

「美羽を連れて帰りたいのに、どうやって優しくしたらいいのかわからない」

「え……？」

「お母さんの代わりに死んだらいいって言ったのは、お母さんを失った悲しみを美羽にぶつけることしかできなかったからかもしれないね」

私にぶつけることしか、できなかったから……？

私だって、お母さんがいなくなって悲しい。

だけど、いつまでも悲しんでいる私たちを、お母さんは見たくないと思う。

だから、お父さんと生きていこうって前を向こうとしたのに。

お父さんは……ずるいよ。

「八つ当たりは、お父さんなりのSOSだったんだ。だからって、美羽を傷つけていい理由にはならないけど」

「お父さんなりの……SOS」

「家族の絆は、簡単には壊れないと俺は思う。美羽が望むのなら、何度だって繋ぎ合わせることができる」

どうして、そこまで迷わずに言いきれるんだろう。

棗くんにもあったのかな。
　家族の絆の強さを感じるような出来事が。
「大切だから、美羽はそんなに苦しんでるんだろう？」
「あ……」
　そうだ。
　どんなに悲しくても、苦しくても……。
　私の中には、お父さんと一緒に生きていきたいって気持ちがずっと消えずにあった。
　これは棗くんの言うとおり、私がお父さんのことを大切に思ってるからなんだ。
「ひとりが怖いなら、俺が一緒にいる。だから、美羽は自分が幸せになれる道を探すんだ」
　自分が幸せになれる道なんて、考えたこともなかった。
　いつもお父さんのことばかり、考えていたから。
「棗くんの言葉は……いつも私に光をくれますね」
　悩んでいた気持ち、暗い未来さえ、明るくなったみたいに感じる。
「大げさだなぁ、美羽は」
「本当に……救われるんです、いつも」
　あの日、公園のゴミ箱の前で私を見つけてくれた棗くん。
　なんとなくだけど……。
　私は棗くんと出会う運命だったんだと思う。
　棗くんは、私の心を救うために現れてくれたんじゃないかって。
「美羽のためなら、いくらでもそばにいるよ。たとえこの

体が壊れても、心で寄りそうから」
「棗くん……ありがとうございます。それなら私は、ずっと笑顔でいられますね」
　泣き笑いを浮かべれば、棗くんは切なげに笑った。
　その笑顔の理由がわからなくて、私は首を傾げる。
「なんだか、棗くんの方が辛そうです。もしかして、私の風邪がうつったんじゃ……」
「うつしてくれてもいいよ？　それで美羽の風邪が早く、よくなるならね」
「そ、それはだめです……。あの、ずっと食べさせてもらうのははずかしいので、スプーンをもらってもいいですか？」
　お腹いっぱい食べて、早く元気になろう。
　棗くんの言ったとおり、もっと家族の絆を信じてみたい。
　壊れかかった絆をもう一度繋ぎ合わせられるように、元気になって、私になにができるのかを考えたい。
「うん、おいしい」
　誰かの手作りご飯を食べるのは、久しぶりだ。
　お粥はすっかり冷めてしまっていたけど、作ってくれた棗くんの気持ちが温かくて、自然と笑顔がこぼれる。
　彼の独特だけどおいしいお粥の味が、私の気持ちを前に向かせてくれた。
「俺も、料理を成功させたのは初めてだよ」
「ぷっ……先輩、これ何度見てもカオスです！」
　なんだか、この黒いお粥を見てたら元気が出てきたな。

だって、こんなの普通、作りたくても作れないって。
「美羽、笑ったな？」
「はいっ、笑っちゃいました」
　棗くんのおかげで、笑えるんですよ。
　きみは光のない世界で、私をいつも導いてくれる。
「まぁ、その笑顔が見られたから、いっか」
　棗くんは笑って、私の頭をワシャワシャとなでた。
「美羽、これ市販薬だけど、風邪薬だよ」
「ありがとうございます」
　棗くんから薬を受け取って、飲みこむ。
　私が寝てる間に、買いにいってくれたんだ……。
　眠るまでそばにいてくれて、寝ている間に薬を買いにいってくれて、お粥を作ってくれて。
　いつも、そう。
　棗くんの優しさは、押しつけがましくない。
　さりげない気遣いができる、素敵な人だ。
「ぐっすり寝たら、きっとすぐによくなるよ」
「はい……」
　もう一度横になれば、棗くんに髪を梳かれる。
　それに、まぶたが重くなるのを感じた。
「あの、棗くん……」
「ん？」
　私は頭をなでる棗くんの手をつかんだ。
　すると、棗くんは驚いた顔をする。
「手を……握っててもらえますか……？」

もう少しだけ、甘えてみてもいいかな。
　私って、棗くんの前でだけ、幼い子供に戻ってしまうみたい。
　髪を乾かしてもらったり、眠るまで頭をなでてもらったり、お願いしておいてなんだけど……。
　今さらはずかしくなってきた。
「美羽……もちろんだよ。美羽が眠るまで……ううん。目が覚めたあとも、この手を離さずにいるって約束するから」
　棗くんが、私の手を握り返す。
　それに安堵した私は、どっと眠気に襲われた。
「よかっ……た……」
「うん、だから安心しておやすみ、美羽」
　おやすみなさい、棗くん。
　その声に誘われるように、私はまた眠りについた。

　私の意識は、深い深い思考の海の中に沈んでいく。
　目を開けても、どちらが上で下なのか。
　それすらもわからない、深淵が広がっていた。
『今日はお父さんの誕生日、おいしいケーキを作りましょうね』
　どこからか、声が聞こえてくる。
　意志の強そうな、ハッキリとした声。
　この声、聞き覚えがある。
　そうだ……これはお母さんのものだ。
　私は、夢を見ているの？

『お母さん、いちごをのせるの？　私、やりたい！』
　今度は幼い頃の私の声。
　視界が黒一色に染まる中、私は耳を澄ませる。
『ふふっ、美羽が作ったって聞いたら、お父さん喜ぶわね』
　……この会話、覚えてる。
　私が小学生のとき。
　７月２日、お父さんの誕生日だ。
　お母さんとケーキを作って、お父さんの帰りを待っていたんだよね。
　目の前に、幸せだった頃の情景が記憶のままに浮かんでくる。
　オープンキッチンでお母さんと向かい合いながら、苺と生クリームのホールケーキを作る私。
　この立ち位置は、私とお母さんの定位置だった。
『お父さんはね、美羽が生まれるのをずっと心待ちにしていたの』
『そうなの？』
『そうよ。美羽はね、赤ちゃんができないって言われたお母さんとお父さんにとって、待ちに待った宝だから』
　お母さんは不妊症で、ずっと治療をしていたらしい。
　私はそんな中で生まれた待望の娘なんだって、何度も話してくれたのを思い出す。
『私、宝物？』
『そう、宝物よ』
　迷わずにそう言ってくれたのがうれしくて、私は何回も

聞き返すんだ。
"私が宝物？"って。
『だから誕生日はね、美羽が生まれたときみたいに特別で大切な日なのよ？』
『うん！』
『お父さんが生まれてきて、お母さんと愛し合って、あなたが生まれた……。ねぇ美羽、それって素敵なことよね』
　そう言って、頭をなでてくれたこと。
　惜しみなく愛してくれたこと、ちゃんと覚えてるよ。
　そして、仕事から帰ってきたお父さんと3人でケーキを囲んだ。
　そのときに、お父さんが涙ぐみながら言った言葉。
『美羽、聖子、ありがとうな。お父さん、生まれてきてよかった！』
　大げさなほど喜んで、私たちを抱きしめたお父さんのことを思い出す。
　誕生日祝いも、お母さんが死んでからやらなくなったな。
　そうだ、お父さんの誕生日……もうすぐだ。
　それすらも忘れていたなんて……。
　ごめんなさい、お父さん……。
　あの幸せな日々を、すっかり忘れてしまっていた。
　大切な日なのにね。
　なぜこんな夢を見るのか、不思議だけど……。
　お母さんが私に、お父さんと向き合ってって言ってるのかもしれない。

そのための方法を教えてくれたんじゃないか、そんな気がした。

「ん……」
　まぶしい光に、一気に浮上する意識。
　身じろぎしようとして、体が動かせないことに気づいた。
「う、ん……？」
　訝しげにまぶたを持ちあげると、目の前には……。
「わっ」
「すぅ……」
　規則正しい寝息を立てて、私を抱きしめる棗くんがいた。
　棗くん、私のことを抱きしめたまま眠ってる。
　毎度ながら、ドキドキしてしまう。
　これは、一生慣れない気がするなぁ。
　というか、こうして見ると……。
「やっぱり、綺麗だなぁ」
　女の私より綺麗で、整った顔をしている。
　うらやましいなぁ……って、あれ？
　ふと彼の頬がほっそりしているように見えた。
　初めて会ったときは、気にならなかったんだけどなぁ。
　でも、あらためて見ると……。
「やっぱり、初めて会ったときより少し痩せた？」
　頬が少しだけ、ほっそりしたような気がする。
　もともとシャープな輪郭だし、気のせいかもしれないけど、もっとご飯を食べさせなきゃだめかもしれない。

「決めた」

　よし、お肉中心のメニューに変えよう。

　そう心の中で意気込むと、棗くんのまつ毛が震える。

「ん……美羽……」

「えっ」

　今、寝言で私の名前を呼んだ……？

　トクンッと胸が小さな音を立てる。

　なんでかな、名前を呼ばれただけなのに。

　たったそれだけで、幸せだなぁって思う。

　棗くん、どんな夢を見てるんだろう。

　気になってその寝顔を見つめていると、癒やされた。

　棗くんといると、なんでこんなに心が安らぐんだろう。

　こんなにも自然体でいられるのは、きみのそばだけだ。

　親友の真琴ちゃんにだって、私は強がってしまう。

　でも彼にだけは、弱い自分もすべて見られてもいいって思えた。

「んん……う」

　可愛らしいうめき声とともに、棗くんが目を覚ます。

「んー、ふあっ」

　あくびをしながら、トロンとした目でボーッと私を見つめてきた。

　あ、棗くん、まだ寝ぼけてるな。

　目を開けたまま寝ちゃってるんじゃないかと思うほど、私をじっと見つめたまま固まっていた。

「お、おはようございます……棗くん」

いつもの余裕ある棗くんとはちがう。
　向けられる無防備な視線にドキドキしながら、なんとかあいさつをする。
　すると、棗くんはふにゃりと笑った。
「ん、おはよう……美羽」
「うっ……」
　一瞬で、心を鷲づかみにされる。
　本当に、なんなんだろう。
　この、癒やしの生物はっ。
　心の中で発狂しながら、私は棗くんから視線をそらした。
　これ以上は、心臓が止まっちゃいそうだから。
「美羽、熱はさがった？」
「あ……」
　そういえば、体が軽くなってる。
　熱っぽい感じもないし、これなら学校に行けそうだ。
「大丈夫みたいです」
「みたいって……出た、美羽の他人事」
「え、他人事？」
　苦笑を浮かべた棗くんは、手を伸ばして私の額に触れる。
「自分のことなのに、他人事みたいに言うだろ。もっと自分をいたわらないと」
「あっ、はい……。ありがとうございます」
　私、そんな言い方してたんだ。
　無意識だった。
　棗くんって鋭いな……。

いつも私の強がりに気づいて、甘やかしてくれる。
「でも、本当に熱はなさそうだね。それに、なにかいいことでもあった？　スッキリした顔してる」
　そう言いながら、棗くんがズイッと顔を近づけてくる。
「ひゃっ」
　近いってば！
　私はパニックになりながら、体をのけぞらせた。
「ごめん、刺激(しげき)が強すぎたな」
「い、いえ……」
　棗くん、わざとやってないかな。
　赤くなる私の顔を見て、確信的な笑みを浮かべてるし。
「ごめん、美羽が可愛くって」
「か、からかわないでください……」
「ははっ、でも顔色がいいのは本当だよ」
　それは……あの夢のおかげかもしれない。
　幸せだった頃の記憶が、私のするべきことに気づかせてくれたから。
「棗くん、家族の絆は簡単には壊れないって……そう言ってくれましたよね」
「ん？　うん、言ったね」
「私が望むなら、何度でも繋ぎ合わせることができるって」
「うん、できると思うよ」
　棗くんが断言してくれると、ホッとする。
　きみの言葉って、やっぱりすごい。
　お父さんに向き合うのが、あんなに怖かったのに。

棗くんはたった一言で、表情で、私に勇気をくれるんだ。
「もうすぐ、お父さんの誕生日なんです」
「え、そうなの？　それなら……」
　棗くんも私の言いたいことがわかったのか、ニコリと柔らかく笑う。
「はい、お父さんの誕生日に、なにかしたいと思ってて。お母さんが大切な日だからって、毎年欠かさずにお祝いしてたのを思い出したんです」
「そっか……いいお母さんだね」
「はい、自慢のお母さんです……っ」
　お母さんのことを思い出して、目が潤んだ。
　そんな私を、棗くんが横になったまま抱きよせる。
「お母さんが事故で死ななかったら、お父さんも私もずっと幸せでいられたのかな……」
「それは……たしかにそうかもしれないね。でも、未来って誰にもわからない」
　棗くんの言葉で脳裏に蘇ったのは、お母さんに言えなかったあいさつのこと。
　お母さんが事故にあったその日だけ、『いってらっしゃい』が言えなかった。
「……そうですね。今日"いってらっしゃい"を言った誰かが、明日にはこの世から消えていることもありますから」
　今でも考えてしまう。
　どうしてあの日、いつもどおりの時間に目覚めることができなかったんだろうって。

毎日欠かさず、仕事に行くお母さんを『いってらっしゃい』と見送っていたのに。
　後悔ばかりが、今も私を苦しめる。
「うん。だから俺たちは、一瞬を悔いのないように生きていくんだ」
　一瞬を悔いのないように生きる。
　その一言を忘れちゃいけない、そう思った。
「美羽、お父さんの誕生日会をやろう」
「あっ……」
　ちょうど、その話をしようと思っていたところだった。
　いつも私の考えを察して、棗くんが先に言ってくれる。
　やっぱり、きみはすごいな。
「棗くんも、一緒に来てくれますか……？」
　ひとりでは、きっとまた怖じ気づいてしまう。
　お父さんを前に、どんな風に接したらいいのかとまどって、言いたいことを言えずに終わってしまうかもしれない。
　だから、棗くんがそばにいてくれると心強いんだけど。
「美羽、もう忘れちゃったの？」
　棗くんはそう言って、私の頬をスルリとなでる。
「え？」
　忘れちゃったって、なにを？
　目をぱちくりさせて驚いていると、クスリと笑われた。
「俺は、美羽のお願いならなんでも叶える。だって、美羽の笑顔が見たいからね」
「棗くん……」

「ひとりが怖いなら、一緒にいる。美羽が幸せになれる道を探そうって言ったろ？」
　あ……。
　棗くんが、眠る前にかけてくれた言葉。
　そうだった。
　棗くんはいつだってそばにいて、笑顔をくれた。
　最初から、私に力を貸してくれてたもんね。
「棗くんはどうして、なんの見返りもなしに私の幸せを考えてくれるんですか？」
「その質問をきみがするんだ？」
「え？」
　おかしそうに笑う棗くん。
　きみが笑う理由も言葉の意味もわからなかった。
「おかしなこと、聞いちゃいましたか？」
「いいや。美羽と似たような質問を俺もしたことがあってね」
「そうなんですか？」
　棗くんは肯定するように、うなずく。
　そして、私の手をギュッと握った。
「見返りなんかいらないよ、きみの幸せより大事なものなんてないから」
「私の幸せ？」
「そう、きみが俺のすべてだよ」
　棗くんのすべてが私だなんて……。
　私はきみにそんな言葉をかけてもらえるようなことをし

てないのに。
「お父さんの誕生日まで、あと何日？」
　私の思考を断ち切るように、棗くんが話題を変える。
「えと、3日後です」
「なら、今日から計画を練らないとね」
　パチリとウインクをする棗くんに、私は目を見開く。
　きみが私の幸せを大事だと言ってくれる理由。
　それが知りたい。
　いつか聞けるといいな。
「美羽、クラッカーも必要かな？」
「あ……ふふっ、そうですね」
　私よりウキウキしてる棗くんに、胸がいっぱいになった。

Chapter 3

Episode 7：勇気をくれる魔法の言葉

【美羽side】
　６月最後の学校の昼休み。
　私はいつもどおり、真琴ちゃんと裏庭でお弁当を食べていた。
「美羽、風邪が治ってよかったな」
「うん！　真琴ちゃん、メールありがとう」
　昨日学校を休んだ私に、真琴ちゃんが『風邪、大丈夫か？』というメールをくれたんだ。
　そのお礼といっては、なんだけど。
　真琴ちゃんには今日も、私の手作りお弁当を食べてもらっている。
「はい、真琴ちゃん」
　私は真琴ちゃんが取りづらそうにしていた唐揚げをお弁当箱の蓋に取りわけて差しだした。
「おっ、ありがと。それより最近、棗先輩とは……」
「美羽！」
　なにか言いかけた真琴ちゃんの言葉は、私を呼ぶ誰かの声にさえぎられた。
　視線を向けると、やけに焦った様子の棗くんがこちらへ走ってくる。
「え、棗くん!?」
「悪いけど、ここに匿ってくれるとうれしいな」

そう言って、私たちの座るベンチのうしろにしゃがみこむと、息をひそめる。
　ほんのちょっとの時間差で、ドタドタと大勢の足音が聞こえてきた。
「棗くんがいない！」
「今日こそ、私のお弁当食べてもらおうと思ったのにっ」
　どうやら棗くんは、女の子たちから逃げてきたらしい。
　毎度ながら、大変だよね。
　ここに隠れてるって、バレないといいんだけど……。
　女の子たちがあきらめてその場からいなくなるまで、私もハラハラしてしまった。
「もう大丈夫ですよ、棗くん」
「ごめんね、美羽……それから、お友達も」
　大勢の女子たちが立ち去ると、棗くんは申しわけなさそうな顔をする。
　そして、疲れたように立ちあがった。
「大変ですね、棗先輩……お気の毒に」
「はは、ありがとう」
　同情の眼差しを向ける真琴ちゃんに棗くんは苦笑を返すと、あらためて私たちの前にやってくる。
「えと、きみは？」
　棗くんの視線は、私の隣に座る真琴ちゃんへと向けられていた。
「宮木真琴です」
　簡単に自己紹介をし合うふたりを見守っていると、棗く

んが私の隣に座った。
　ベンチも3人で座ると狭い。
　棗くんの肩がぶつかって、はずかしくなった。
「ふう……」
　ため息をつく棗くん。
「お疲れ様です、棗くん」
　毎日逃げまわる学校生活って、かなり過酷だよね。
　私は自分の水筒のお茶をカップに注いで、棗くんに手渡した。
「ありがとう……」
　棗くんは、そのお茶を飲んでホッとしたような顔をする。
「ご飯は食べましたか？」
　ずっと逃げてたんだろうし、棗くんが食事する時間なんてあるのかな？
　心配になって尋ねると……。
「いや、まだなんだ。美羽が作ってくれたお弁当は、ここにあるんだけどね。まだ、ありつけてない」
　棗くんは困ったように笑って、手に持ったお弁当を軽くあげる。
「なら、ここで棗先輩も食べたらいいですよ。ほら、このベンチ3人座れるし」
　そう言ってくれたのは、真琴ちゃんだった。
　真琴ちゃん、私が棗くんのことを心配してるから、気を遣ってくれたんだ。
「ありがとう、真琴ちゃん。棗くん、一緒に食べよう？」

「ありがとう真琴さん、美羽」
　私たちは、3人でお昼ご飯を食べることになった。
　私が疲れはてている棗くんの代わりに、せっせとお弁当箱を開けてあげていると、真琴ちゃんがぽつりとつぶやく。
「なんか、美羽と棗先輩って夫婦みたいですよね」
「え!?」
　真琴ちゃんの言葉に、カッと顔が熱くなる。
　夫婦だなんて……棗くんに失礼だよっ。
　その、私はうれしい……けど。
　チラリと棗くんの方を見る。
　すると、彼の頬もほんのり赤く染まっていた。
「そんな風に見えるのは……うれしいね」
「な、棗くん」
　同意を求めるように、「ね?」と私に言うきみ。
　棗くんの照れてる顔……。
　その見慣れない表情に、心臓が騒ぎだした。
　きみも、私と同じ気持ちなの……?
「なんか安心しました。美羽が前より笑うようになったのは、棗先輩のおかげだったんですね」
「真琴ちゃん……」
「親友の幸せは、うちの幸せでもあるからな」
　ニッと笑う真琴ちゃんに、胸がいっぱいになる。
　私は思った以上に、幸せ者なんだ。
　こうして、助けてくれる人たちがいるんだから。
　たとえ誰かに必要ないと言われても、ひとりでも私を大

切だと言ってくれる人がいるのなら。
　私は自分という存在を否定しちゃいけないんだと思う。
　だって否定したら、私はその人の気持ちを踏みにじることになってしまうから。
「棗先輩、美羽のこと頼みます」
「はい。真琴さんの大切な親友だし、俺にとっても……」
　棗くんが、意味深に私を見つめる。
　それにトクンッと胸が高鳴った。
　棗くん……？
　それは、どういう意味の視線なんだろう。
「俺にとっても大切な女の子なので、この命が続く限り、ちゃんと守らせてもらいます」
　まるで、恋人みたいな言い方。
　私たちは、そういう関係じゃないのに……。
　そう言ってくれる理由がわからないから、切なくて。
　それでも大切だと言われたことが、うれしい。
　この複雑な気持ちは、なんなのだろう。
「ただ……もし、俺がそばにいられなくなったときは、美羽のことをどうか頼みます」
「棗先輩……もちろんです」
　逆に私のことを頼む棗くんに、真琴ちゃんが強くうなずいた。
　棗くん……。
　私のことをそんなに大切にしてくれるのは、なぜ？
　あらためて、不思議な気持ちになる。

その答えがいつか、わかる日が来るのかな？
そんなことを考えているうちに、昼休みはあっという間に過ぎていった。

放課後、こっそりと裏門から出た私と棗くんは、その足で駅前のショッピングモールへとやってきた。
昼休みが終わる頃、『お父さんの誕生日会に必要なものを買いそろえよう』と棗くんが提案してくれたからだ。
私たちは『おもちゃ館』というパーティー雑貨のお店に入る。
早速、棗くんがクラッカーを手に取って、満面の笑みで私を振り返る。
「ねぇ美羽、クラッカーは必須(ひっす)アイテムだよね？」
「え？　はい、そうですね！」
棗くん、朝も『クラッカーが必要かな？』って言ってたな。もしかしたら、棗くんがやりたいのかも。
「あとは……この王冠(おうかん)なんてどう？」
棗くんは、はしゃいだ様子で紙の王冠を私に見せる。
なんだか、子供みたい。
こういう棗くんも、可愛いな。
「ふふっ、いいと思います」
無邪気な表情に、私は笑みがこぼれた。
「あ、ごめんね。俺の方が楽しんでる」
照れくさそうに頭をかく棗くんに、私は首を横に振った。
「私はうれしいです。だって、私のお父さんのことなのに、

真剣に誕生日会のことを考えてくれてるから……」
　私がどれだけうれしいか、棗くんはわかってるかな？
　私はきみのまっすぐな気持ちに、いつでも前を向く勇気をもらってるんだよ。
「美羽の大切な人のことなんだから、当然だろ？　ほら、美羽も選んで」
　いつの間に持ってきたのか、カゴを手にした棗くんが私の背を軽く押した。
「ふふっ、はい。それじゃあ……」
　店内を見渡していると、左の棚にメッセージカードを見つけて手に取った。
　誕生日プレゼントと一緒に、メッセージを添えるのもいいかもしれない。
　お父さんへの気持ちを、ちゃんと形に残せるし……。
　普段、口にできないことも、文字でなら伝えられるかもしれないから。
「メッセージカードか。いいんじゃない？」
　棗くんが私の手もとをのぞきこんで、声をかけてくる。
「なら、これにします！　あとはケーキとプレゼントも買わなくちゃですね！」
「ははっ、その調子」
　棗くんの笑ってる顔を見たら、なんだかすごく楽しくなってきた。
　うん、楽しまないと損だよね！
　悩んでるのがバカらしくなって、心が軽くなる。

「美羽、プレゼントはどうする？」
　パーティーグッズを買ったあと、私たちはお店を渡り歩いていた。
　ケーキの注文はしたから、あとは肝心(かんじん)のプレゼントなんだけど……。
「ずっとお父さんとまともに話してなかったから、なにをあげていいのか、わからないなぁ」
　棗くんなら、いいアイディアをくれるかも。
　ここは、同じ男の人からの意見を聞いた方がいいかもしれない。
　そう思った私は、思いきって相談してみることにした。
「あの……どんなものをあげたらいいと思いますか？」
「うーん、そうだな……」
　少し考えるように、顎(あご)を手に当てて宙を見あげた棗くん。
　そして、ふと足を止めると、なにかを見つめはじめた。
　その視線を追うと、そこには靴屋さんがある。
「身につけるものがいいんじゃないかな、靴とかさ」
「靴……」
「前に道端で会ったとき、靴が使いこまれてた気がしたから、新しいものを買ってプレゼントするのはどうだろう」
　棗くん、そんなところまで見てたんだ……。
　やっぱり、棗くんは鋭い。
　お父さんは工場で働いてるせいか、どうせ汚(よご)れるものだと、あまり靴にはこだわらない人だった。
　でも１足くらい、お出かけ用の靴があってもいいよね。

休みの日に履いてもらう靴。
これは、いい機会かもしれない。
「うん、見てみたい!」
「よし、それなら行こうか、美羽」
　棗くんに、自然と手を繋がれる。
　私の手を悠々と包みこんでしまう棗くんの手。
　大きくて温かい感触にドキドキしながら、ギュッと握り返した。
　この手は私をいつだって、安心させてくれる。
　できればこの先もずっと、繋いだ手のように彼との縁が繋がっていますように。
　心の中でそう願った。
「いっぱいあるから迷うな」
　売り場にやってくると、棗くんは棚に陳列されている靴に視線をめぐらせる。
　私はその隣で、ひとつのスニーカーに目を奪われていた。
「これ……いいかも!　どうでしょうか、棗くん!」
　私が手に取ったのは、お父さんの好きな紺色のスニーカー。
　シンプルな白のラインが入っていて、普段着と合わせやすそう。
　私のひと目ぼれだった。
「カッコいいね、お父さんに似合いそうだ」
　棗くんも賛成するように、首を縦に振ってくれる。
「うん、きっと似合うと思います」

お父さんがこのスニーカーを履いたところを思い浮かべてみる。
　昔、家族で誕生日ケーキを食べたときみたいに、笑ってくれたらいいな。
　うれしい、ありがとうって。
「美羽、他のは見なくていいの？　それで決まり？」
「はいっ、もうこれしかないです！」
「ははっ、そうか。ならレジに並ぼう」
　私は、ひと目ぼれした紺色のスニーカーをお父さんへのプレゼントに買った。
　なにもかもがうまくいく。
　そんな自信が湧いてきた私は、帰り道も笑顔でいられた。

　ふたりでマンションに戻ってくると、ドアの前に小学生くらいの女の子を連れた女性が立っていた。
　女性の方は見た目、40代くらいだろうか。
　誰だろう？
　不思議に思っていると、棗くんがポツリとつぶやく。
「母さんに……杏？」
　え、棗くんのご家族!?
　驚いていると、棗くんの声に気づいたお母さんがパッとこちらを振り返る。
「棗っ！」
「母さん、来てたんだ……」
「当たり前じゃない！　しばらく来ないでくれ、なんてメー

ルを寄こして……余計心配するでしょう！」
　しばらく来ないでって……。
　棗くん、そんなことを言ってたの？
　もしかして、私がいるから？
　問うように棗くんの横顔を見あげる。
　視線に気づいた彼は、肩をすくめた。
「すまない母さん、どうしてもやりたいことがあって」
「そんな体で……すまないと思うなら、私たちと一緒にいてほしいわ」
　お母さんは泣きそうな顔で、棗くんの肩に顔をうずめた。
　仲が悪いわけではないみたい。
　だけど、お互い深く踏みこむことを恐れているような、どこか家族らしくない距離感を感じる。
　大切なのに、踏みこみすぎたら相手を傷つけてしまうんじゃないか。
　私とお父さんの間にある空気感と、少し似ているかもしれない。
「棗、その子は？」
　立ちつくしていると、お母さんが私の存在に気づく。
　あいさつしようと一歩、踏みだしたときだった。
「あとで説明するから」
　棗くんのその一言で、完全にタイミングを失ってしまう。
　なんだか、私と会わせたくないみたい。
　なんて、考えすぎかな。
「美羽、先に中に入ってて」

「あ……は、はい」
　私はその場にいることを許されず、部屋の中へ入る。
　お母さんとの間に、なにがあったんだろう。
　ただ事じゃない感じだった。
　それに杏ちゃんって、棗くんの妹さんだよね。
　居候させてもらっているというのに、お母さんにも妹さんにもごあいさつができなかったな。
　20分ほどして戻ってきた棗くんは、「母さん、心配性なんだ」と言ったきり、なにも話してはくれなかった。

Episode 8：涙のHappy Birthday

7月2日、ついにこの日がやってきた。

棗くんと誕生日会用の物品を手に、私は自宅の前に立っている。

家出してから2週間ちょっとしか経ってないのに、ずいぶん留守にしていたような懐かしさを感じた。

「お父さん、今は家にいないんだよね？」

「はい、今は工場へ行ってる時間なので、帰ってくるなら午後の5時頃かと……」

誕生日会をすることは、お父さんに内緒にしている。

今は午後1時。

棗くんとこっそり家に入って、飾りつけをした部屋にお父さんが帰ってくるという作戦だ。

いないとは思うけれど……。

お父さんはたまに仕事をサボることがあるので、家にいたらどうしよう。

そんな不安を感じつつ、静かに玄関の扉を開ける。

「ただいまー……」

緊張しながら家の中へ入ると、どうやらお父さんはいないようだった。

私が帰ってきたと知ったら、まっ先に怒鳴りつけてくるはずだから。

「お邪魔します」

そう言ってうしろで靴を脱いだ棗くんは、励ますように私の背中をポンッと押す。
　私はコクリとうなずいて、リビングに向かった。
　扉を開けた瞬間に目に入ったのは、脱ぎ散らかされた服に、食べたカップ麺やお菓子のゴミ。
　散らかりはてたリビングが、目の前に広がっている。
「これはひどい……」
「ははっ、美羽が来る前の俺の家みたいだな」
　笑いながら言う棗くんに、私は苦笑いを浮かべた。
　たしかに……流しがゴミ箱化してたもんね。
　棗くんの家は物が少なかったから、リビングはそんなに汚れているようには見えなかったし、すぐに片づいたけど。
「まずは、片づけからやらないとだめそうですね」
「そうだね。美羽、なにからしたらいい？」
「それじゃあ……」
　私たちは手分けして掃除に取りかかることにした。
　棗くんは流し台掃除、私はリビングの片づけだ。

　部屋は1時間ほどで片づき、ようやく飾りつけを始める。
「棗くん、折り紙のリースを壁につけたいんですが……届かなくって」
「わかった、俺に任せて」
　そう言って、高いところの飾りつけは棗くんが率先してやってくれる。
　棗くん、頼もしいな……。

そんな姿にドキドキしていると、棗くんがポンッと私の頭をなでた。
「そんなに見つめられると、緊張しちゃうから」
「あっ、ご、ごめんなさいっ」
　私、無意識に棗くんのこと見つめてた!?
　急にはずかしくなって、うつむく。
　緊張しちゃうなんて言った割に、棗くんはさほど気にした様子はなかった。
　余裕の差が、なんだかくやしい。
「美羽、この飾りは……うっ」
　なにかを言いかけた棗くんが、お腹を押さえて床に座りこんだ。
　え……?
　それがやけにスローモーションに見えて、一瞬思考が止まってしまう。
「くっ……うっ……」
「棗くん!!」
　棗くんのうめき声にハッとしてそばに駆けよると、玉のような汗が額に浮かんでいた。
「お腹が、痛いんですか!?」
「うん……っ、ちょっと……ね」
　ちょっとって……そんな風には見えない。
　こんなこと、前にもあったな。
　あのときは私のご飯がおいしくて、つい食べすぎちゃったからって言ってたけど……。

ただの強がりだったのかもしれない。
　　こんなときまで笑おうとする棗くんに、私はたまらなくなって抱きしめた。
「平気なふり、しないでください！」
「え……」
　　私の腕の中で、棗くんが動揺したのがわかる。
　　いつもそうだ。
　　きみは私に弱みを見せない。
　　なにかあっても、その笑顔の裏に隠しちゃうんだ。
　　棗くんと出会う前の……私みたいに。
「私にできることがあるなら、頼ってほしいです」
　　棗くんが私のそばにいてくれたように。
　　私だって、きみのそばにいる。
「美羽……」
　　驚いたように私を見つめると、棗くんはフッと笑った。
「もう、無理して笑わなくて……」
「ちがう、これは本当にうれしくて笑ったんだ」
　　私を気遣って笑ったのだと思った。
　　でも彼は否定するように、ニコッと笑って見せる。
「うれしい？」
「あぁ、美羽が俺を心配してくれることがね」
「棗くん……そんなの、たくさんします！」
　　きみがくれた優しさには、到底届きそうにはないけれど。
　　私も、棗くんにこの恩を返したい。
「ありがとう、それなら……水とカバンを持ってきてくれ

る？」
「あ、はい……」
　言われたとおり、私は棗くんに水の入ったコップと彼のカバンを渡す。
　すると、取りだしたタブレットケースから、錠剤(じょうざい)のような物を2粒手に取り、水と一緒に飲みこんだ。
　なんだろう、胃腸薬とかかな？
　頭痛持ちで、お腹の調子も悪いだなんて、大変だな。
「ふぅ……ありがとう、美羽」
「あ、いいえ……。棗くんは、少し休んでてください」
「ごめんね、ありがとう。美羽がいてくれてよかった」
　そう言って微笑みかけられた瞬間、トクンッと胸が高鳴る。感謝よりも、強い感情で。
　私、棗くんの力になりたいと思ってる……？
　心の奥底(おくそこ)から突きあげてくるような、強い感情。
　これはいったい、なんだろう。
　この気持ちに、なんて名前をつけたらいいんだろう。
「棗くん……私も風邪を引いたときに、棗くんがいてくれて心強かったよ。だからあとは、任せてください！」
「うん、落ちついたら手伝うからね」
　目を細めて、やわらかい笑みを浮かべる棗くん。
　そばにいてほしい。
　触れられると安心感以上に感じる、胸のトキメキ。
　彼に抱く居候、家族、友達以上の強い感情に、自分の心の激しい動きに、私はとまどっていた。

1時間ほどして、棗くんの腹痛は落ちついた。

元気になった棗くんにも手伝ってもらって、午後5時を回る頃には部屋の飾りつけ、料理の準備まで終わらせることができた。

もうすぐお父さんが帰ってくる。

「ふぅ……はぁ」

私は緊張して、ため息をつく。

そして、両手をギュッと握りしめた。

お父さん、喜んでくれるかな……。

また突き放されたら、どうしよう。

あぁ、もうっ。

がんばるって決めたのに、すぐ弱気になる自分が嫌だ。

「美羽、緊張してるね」

棗くんが、私の握りしめた手を両手で包む。

「あ……」

その体温に、私の不安は和らいでいく。

「心から大切に想う気持ちが、伝わらないわけない」

「棗くん……はい、がんばります」

棗くんの言葉に励まされてうなずいたとき、ガチャッと玄関の方から鍵が回る音がする。

ビクリと肩を震わせると、棗くんが私にクラッカーを握らせた。

「大丈夫、怒られるときは一緒だ」

「あ……はい！」

イタズラに笑う棗くんに笑みを返すと、クラッカーの紐

に手を伸ばす。
　——バタンッ。
　リビングの扉が開く瞬間を見計らって、クラッカーの紐を引いた。
　パンッ、パンッ！という軽快な音とともに紙吹雪が舞う。
「なっ……んだ……？」
　リビングの入り口で目を見開いたまま立ちつくすお父さんは、驚きで二の句が継げない様子だった。
　……伝えなくちゃ。
　ずっと、言いたくて言えなかった言葉。
　私はドキドキしながら、震える唇を思いきって開く。
「お、おめでとう、お父さん！」
「……おめでとう？」
「今日は……お父さんの誕生日だから……」
　お父さんは自分の誕生日を忘れてたのか、ハッとしたような顔をした。
　壁にかかっているカレンダーの日付を確認して、信じられないと言わんばかりの顔で私を見る。
「お前……」
「お父さん、また一緒に……」
　一緒に誕生日をお祝いしようよ。
　前みたいに、家族に戻りたいよ。
　そう伝えようとした言葉は……。
「ふざけるな!!」
「えっ……」

お父さんの怒鳴り声によって、かき消される。

きっと喜んでくれる。

どこかでそう期待してしまっていた。

だけど、お父さんの反応があまりにも予想に反していて、なにも考えられなかった。

「俺は誕生日なんか、思い出したくもない！」

「どうして？　大事な日なのに……」

「嫌でも聖子のことを思い出すじゃないかっ。忘れようとしてるのに、お前は俺を苦しめたいのか！」

お父さんは、壁にかけられた折り紙のリースや飾りをベリッとはがして破り捨てた。

せっかく棗くんと準備したのに、ひどい。

お父さんはなんで、平気で人の心を踏みにじるんだろう。

「どうして……」

ゆっくりと、頬に涙が伝った。

まるで涙のようにハラハラと、折り紙は床へ落ちていく。

「お父さんは、どうして……いつもいつも私の話を聞いてくれないの？　私のことを、見てくれないのっ」

今日はお父さんのことを祝おうと思っていたのに、やるせなさがこみあげてきて、つい怒鳴ってしまった。

涙だけがバカみたいに、たくさん溢れる。

「いつもっ……お母さんのことばっかり！　私のことなんて、少しも見ようとしない！」

「美羽、落ちついて」

泣き叫ぶ私の肩に、棗くんが手をのせる。

私はその手をやんわりとほどいた。
「部屋の飾りつけ、棗くんも手伝ってくれたんだよ？　プレゼントも一緒に選んでくれたの。お父さんのためにしたことなのに、こんなのひどすぎるよ……」
　私の気持ち、お父さんにはなにをしたって届かないんだ。
　私がどれだけお父さんを想ってても、伝わらない。
　だってお父さんは、どんな言葉をかけても心を開いてはくれないから。
「美羽……」
　心配そうな棗くんの顔に、私はぎこちなく笑みを返す。
　棗くん、たくさん励ましてくれたのにごめんね……。
　家族の絆は何度でも繋ぎ合わせることができる。
　きみはそう言ってくれたけど、私とお父さんは例外。
　もう、引き返せないところまで、絆は壊れてしまったのかもしれない。
「前みたいに、幸せな家族に戻れることを望んでるのは私だけなんだ。お父さんは私なんかいなくても……ひとりでもいいんだ」
「…………」
　お父さんは、無言でうつむく。
　それを見て、どんどん心が冷たくなっていくのを感じた。
　私のことなんて、視界にも入れたくないってことだよね。
「ねぇお父さん。私たち、一緒にいない方がいいのかな」
　これで最後にする。
　だからお願い、そばにいてほしいって言って？

そうしたら、もう一度だけ向き合ってみるから。
どうか、否定しないで……。
そんな願いを込めて、試すように聞いた。
でも、次の瞬間。
「……そうかもな」
容赦なく告げられた冷たい一言。
一緒にいようって、言ってくれるのだと期待してた。
だって、家族はそばで支え合うものでしょう？
でも、そう思ってたのは私だけだったみたい。
裏切られたような、そんな失望感に私はゆっくりと後ずさる。
私がここにいる理由なんて、ないんだ。
「……なら、もう……。一生帰らないっ」
その場から全力で逃げだす。
「美羽‼」
棗くんの引きとめる声に、振り返る余裕すらなくて。
私は泣きながら、逃げるように走った。
行き先も決まらないまま、全力で。

Episode 9：世界一、幸せにしたい女の子

【棗side】
　美羽が飛び出したリビングには、俺とお父さんだけが取りのこされていた。
「お前……前も美羽といたな」
　沈黙が続く中、先に声をかけてきたのは美羽のお父さんだった。
「はい、あいさつが遅れてすみません。須々木棗です」
「名前なんか、どうでもいい！」
　お父さんの怒鳴り声に、空気がビリビリと震える。
　俺はあまりの剣幕に、一瞬口をつぐんでしまった。
「お前は娘のなんなんだ、どうしてお前の家にいる！」
　なにも言わない俺に、お父さんは不信感をあらわにして怒鳴りつけてくる。
　このままじゃ、話し合いにならない。
　今ここで、お父さんと言い争っている時間がもどかしい。
　早く、美羽を追いかけたい。
　でもその前に、お父さんには美羽と向き合ってもらえるように話をしなければ。
　そう思った俺は、勢いよく頭をさげる。
「すみません、お父さん！」
「な、なんだ、大きな声を出すな！」
　いきなり謝罪を口にした俺に、お父さんは度肝を抜かれ

たような顔をしている。
　お父さんが呆気にとられているうちに、俺はその先の言葉を続けた。
「大事な娘さんを断りもなく勝手にうちに泊めてしまって、本当に申しわけありません。心配をかけてしまって……」
「心配……か」
　お父さんは俺をチラリと見ると、脱力したようにソファに座りこむ。
　その肩はすっかり落ちていた。
　美羽に辛く当たったこと、本当は後悔してるのか？
　それなら、優しくすればいいのに。
　だけど、そう単純にいかないから人の心は複雑だ。
　俺にも心当たりがある。
　最後まで自分らしく生きるために、もう治療をしない。
　その選択を家族に理解してもらえなかったとき。
　俺は家族の辛い顔を見るのが嫌で、逃げた。
　そばにいても、家族の治療をしてほしいという期待には応えられない。
　だから家族を避けつづけて、優しい言葉のひとつもかけられないでいる。
　どんなに愛していても、すれちがってしまうことってあるんだ。
　お父さんの場合は、愛した奥さんを亡くした悲しみがいまだに癒えなくて、美羽に辛く当たってしまうのだろう。
　美羽を愛していないわけじゃないと思う。

だって愛していなかったら、美羽を怒鳴りつけたあとに傷ついた顔をするはずがない。
　　でも、自分で止められないのだ、きっと。
　　美羽にぶつけることで、行き場のない悲しみを処理しているのかもしれない。
「美羽……美羽さんのこと、追いかけないんですか？」
　　俺は静かに、お父さんに声をかけてみる。
　　もうじき外も暗くなるっていうのに、飛び出していった美羽のことが気がかりだ。
　　だけど、今聞かなければ、お父さんの本心を知ることはできない気がした。
「……俺に、追いかける資格はないからな。早く、美羽のことを追いかけてやってくれ」
　　お父さんはこちらを振り返らずにそう言った。
　　でも、その言い方はあきらかに……。
　　美羽のこと、心配してる父親のセリフだよな。
　　素直に甘えられないところは、美羽にそっくりだ。
「お父さんはなんで、美羽に冷たくするんですか？」
「……美羽を見てると、聖子のことを嫌でも思い出すからだ。それが辛くて……酒に逃げて、当たってしまう……」
　　どこか遠い目をして見つめる先には、仏壇(ぶつだん)がある。
　　あれはきっと、美羽のお母さんのものだろう。
　　遺影(いえい)に写っているお母さんは、美羽にそっくりだった。
「優しくしてやりたくても……それができずに、傷つけてばっかりなんだっ」

まるで、泣いているかのような声。
　そんなお父さんのそばに寄り、目の前でしゃがみこんだ。
「美羽さんが今日の誕生日会をやりたいって、言ったんですよ」
「え……美羽が？」
　驚いているお父さんに、俺は笑顔でうなずく。
「美羽さんのお母さんが、誕生日は大切な日だから、毎年欠かさずお祝いしようって言っていたそうです」
「あぁ、聖子の口癖だったからな……」
「それを思い出したから、今年はちゃんとお祝いしたいって、プレゼントもお父さんのために必死に選んでました」
　あのときの美羽の顔は、期待に満ちていた。
　それは、この冷めきった関係を変えるきっかけを望んでいたからだとわかる。
　でも、うまくいく保証はないから、不安もあっただろう。
　だからこそ、俺にしてあげられることはなんだってやりたい。
　誰より愛しい、女の子のためだから。
「俺は美羽にそんな風にしてもらえるような……立派な父親じゃない。なのに……」
「美羽さんにとって、父親はお父さんしかいないんです。どんなにすれちがっても、たとえ二度と会えない場所に行ったとしても、その絆は消えないって俺は信じてます」
　俺は、信じてるんだ。
　どんなに離れていても、想いは消えないって。

体がそこになくても、想いだけは俺が大切だと思う人の心の中に残るものだと。
　だから俺は、なにかを残せると信じて、今を必死に生きてるんだ。
「でも俺は、口を開けば娘を罵倒してばかりで、ちゃんと愛してやれなかった。絆なんて、とうの昔に壊れてるんだよ……」
「それはちがうと思います。だってお父さんは今、娘の美羽さんを心配してるじゃないですか。愛してなきゃ、こんな風に悩んだりしませんよ」
「いいや、俺はアイツに必要ない、死ねばよかったなんて言ったんだぞ。もう修復なんかできない！」
　そう叫んだお父さんの顔に映るのは、苦悩(くのう)。
　美羽とお父さんは、本当はお互いに歩みよりたいんだ。
　ただ、その距離感がつかめないだけ。
　それだけ、ふたりの心の傷は深かった。
　そりゃそうだ。
　だって、大切な人を失ったのだから。
「歩みよることをやめたのは、お父さんの方です」
　本当は、自分に言ってやりたい言葉だった。
　俺は治療を受けない理由を理解されないからと言って、家族から逃げた。
　お父さんみたいに〝できない〟と決めつけて、歩みよることをやめてしまった。
「なんだと!?」

怒りに目を剥くお父さんをまっすぐに見つめ返す。

家族とわかり合えないままなのは、寂しすぎるから。

美羽とお父さんには、仲直りしてほしい。

永遠に続くものなんてない。

命だって、明日には唐突に消えるかもしれない。

だから、今ある時を大事にしてほしい。

今そばにいる人を愛してほしい。

「生きてさえいれば、何度でももつれた糸はほどけるし、切れた絆は繋げられると思います」

そう、生きてさえいれば……。

そして、たとえその命が消えても、深い想いさえあれば、永遠に繋がっていられる。

俺はそう信じてる。

そう思ったとたんに美羽の姿が頭に浮かんで、胸が重く切なく締めつけられた。

「お前に俺のなにがわかる？　お前の言っていることは、綺麗事だ」

あきらめにも似た、お父さんの言葉。

たしかに、綺麗事かもしれない。

でも俺は、その綺麗事を信じてる。

でないと……安心して旅立てない。

本当は死ぬのが怖くて、美羽と離れるのが辛くて。

気を抜くと、どうして俺が死ななきゃならないんだって、思ってしまう弱い自分が顔を出してしまいそうで。

だから俺は、信じるんだ。

たとえ彼女を、家族を置いて死ぬのだとしても。
　心はどこまでも永遠に繋がっているから、なにも不安に思うことはないんだって。
「お父さん、俺が美羽さんを連れ戻してくるので、ちゃんと向き合ってください」
「俺は話すとは決めてな……」
「美羽さんに向き合うことをあきらめないでください。伝えなかったことを後悔してほしくないんです！」
　お父さんの言葉をさえぎるように、言いきる。
　高校２年生の冬、初めて美羽に出会ったとき。
　残された時間をどう生きるかが大事なんだと、美羽の言葉に気づかされた。
　俺は悲観して生きるのではなく、最期は好きな女の子との幸せな記憶を抱いて眠りたい。
　そのために、後悔しない生き方をすると決めている。
　お母さんは交通事故で亡くなったと美羽から聞いた。
　それは誰も予測していなかった、突然の死だったろう。
　だからこそ、お父さんにもわかるはずだ。
「想像するのも嫌ですが、もし美羽が明日、突然この世を去ってしまうとしても同じことを言えますか？」
「それは……」
　言いよどむお父さんに、俺はハッキリ告げる。
「今日、彼女を突きはなしたことを後悔するはずです」
　そして、過去に『必要ない』『死ねばよかったのに』と美羽を罵ったことに、未来永劫(えいごう)苦しむ。

俺は、過去は変えられると思っている。
　それは過去の出来事を変えるとかではなく、そこで抱いた後悔を、未来の行い次第でいい思い出に変えることができるということだ。
　だから、美羽と傷つけ合った日々を未来で笑って話せるように、今きちんと向き合うべきだ。
「後悔はずっと心に残るんです。だから、一瞬を悔いなく生きてください」
　言いよどむお父さんにハッキリとそう告げて、俺は美羽を追いかけた。
　あと少ししか生きられないのに。
　この未来のない命を大切だときみは言ってくれた。
　優しくて、純粋で……。
　彼女を好きになるのに、時間なんてかからなかった。
　もう一度きみに会えたとき、俺は思った。
　残された時間は、捨てられてしまったと泣いている彼女を守るために使おう。
　お父さんとの仲に苦しむ美羽を支えるために使おう。
　あの子が俺の心を救ってくれたように。
　世界でいちばん大切な女の子をこの命がある限り、幸せにする。
　だから、今きみを迎えにいくよ。
　この世界のどこにいても、たとえ暗い闇の中でも……。
　絶対にきみを見つけだすから。

Chapter 4

Episode 10：笑顔のHappy Birthday

【美羽side】
「ううっ……」
　家を飛び出したあと、あてもなく走りつづけた果てにたどり着いたのは、あの日、棗くんと出会った公園のゴミ箱の前だった。
　私はそこに体育座りをして、人目も気にせず泣いた。
　ただひたすら、家族の絆を望んでいた自分がバカみたい。
　なんて惨めなんだろう。
「お母さん……」
　どうして、いなくなっちゃったの？
　お母さんがいてくれれば、お父さんはずっと私を好きでいてくれたのかな。
　それとも、最初から私のことなんて……。
　愛してなかったのかも。
「いらない存在……」
　自分で言って、胸がズキンッと痛んだ。
　もう、なにも考えたくない。
　傷つきたくないから、期待なんかしたくないのに。
「私、まだ……」
　お父さんが追いかけてきてくれるかもしれないって、どこかで思ってるんだ。
　悲しみばかりの世界から目をそらすように、私は膝の間

に顔をうずめる。

　どのくらい、そうしていただろう。
　ジャリッという、地面を踏みしめる音が間近に聞こえた。
「美羽、顔をあげて」
「あ……」
　聞き覚えのある優しい声に導かれて、自然と顔をあげる。
　そこには、月を背にサラサラの黒髪をなびかせる、優しい眼差しの人……棗くんの姿があった。
「うっ……棗……くんっ」
　座りこむ私の顔を、腰を屈めてのぞきこむ棗くん。
　その顔を見たとたん、ブワッと涙が溢れた。
　あぁ、棗くんがいる……。
　たったそれだけのことなのに、どうしてこんなにも安心するのかな。
「なんとなく……ここにいるような気がしてた」
「私、またお父さんから逃げて……。本当に弱虫で、嫌になります」
　せっかく棗くんが協力してくれたのに、申しわけない。
　棗くんはそんな私の頭に、手をのせた。
「じゃあ……美羽はまだ、お父さんと仲直りしたいって思ってるってこと？」
「それは……」
　心の底では、そうしたいと思ってる。
　だけど、あんな風になにもかも否定されて、また向き合

うなんて無理だ。
　というか、お父さんがそれを望んでないと思う。
「人間ってさ、本当の気持ちを隠してしまうプロだよね」
「え？」
　棗くんはぼんやりと月を見あげて、ポツリとつぶやいた。
　その横顔はどこか寂しげで、私は目が離せなくなる。
「見えてるものだけが、聞こえたものだけが真実じゃない。そういうことってない？　美羽だって、本当は辛いけど笑うことってあるだろう？」
「それは……はい」
　だって、心配かけたくないから。
　私が落ちこんだり、泣いたりしたら、大切な人が悲しい顔をするでしょう？
　だから私は、強がってしまう。
「お父さんが美羽を突きはなすのは、本当に嫌いだからなのかな？　その裏に見えない心があるかもしれないよ」
「見えない、心……」
　お父さんは私に、本心を見せていないってこと？
　棗くんの言うことが本当なら、お父さんの本当の気持ちってなに？
「美羽はお父さんが抱えるものを知らないままでいいの？」
「いいえ、知りたいに決まってます！」
「明日、ふたりのどちらかの命が消えることだってあるかもしれない」
　明日、命が消える……。

もしそうだとしたら、私はどうするのかな。
　自分に問いかけていると、棗くんは諭すように続ける。
「頭であれこれ考えて、あとになってこうしてればよかったなんて、後悔しても遅いんだ。だから今、叶えたいなにかのためにがんばるべきなんじゃないかな？」
　そうだ……。
　お母さんが亡くなった日のこと。
　仕事に出かけるお母さんに『いってらっしゃい』を言えなかったあの日。
　もう二度と、お母さんを見送ることができないと気づいたときの喪失感。
　なにが大切かなんて、私がいちばん知っていたはずだ。
　あんな辛い思いをするくらいなら……。
　何度ぶつかってでも、お父さんに向き合うべきだよね。
「棗くん……ありがとうございます。私、大切なことを思い出しました」
　さっきよりも強い意志を持って、棗くんを見あげた。
　すると、先に立ちあがった棗くんが、あの日のように私に手を差しだす。
　そう、ゴミのように捨てられた私に、『美羽さんさえよければ、うちで一緒に暮らさない？』って言ってくれたときのように。
　きみの手は、いつも私を光ある方へと導く。
「それじゃあ行こうか、美羽」
「あ……はい！」

その手を取れば、力強く引きあげられる。
そして、向かう先はお父さんの元。
もう迷いはない。
棗くんの手の温もりに背を押されながら、私はもう一度、家へと向かうのだった。

棗くんと一緒に家に帰ってくると、まっ先にリビングの扉を開ける。
ソファに座っていたお父さんが、扉の開く音に気づいて立ちあがった。
「美羽……」
「お父さん……」
そのまま、しばらく見つめ合うような形になる。
なにから話せばいいのか、ととまどっていると……。
背中をトンッと軽く、励ますように押される。
「がんばれ、美羽……」
小声でささやかれた棗くんからのエールに、私は笑みがこぼれた。
きみの言葉は、まるで追い風のように私の背中を押してくれるんだね。
ありがとう……棗くん。
私、がんばるから。
意を決して、私はお父さんの目の前に立つ。
棗くんが作ってくれた機会だ。
今度こそ、ちゃんと伝えよう。

お父さんに言えなかった、思いのすべてを。
「お父さん、私ね……お母さんが事故にあった日、いってらっしゃいが言えなかったこと、今でも後悔してるんだ」
　足が震える。
　喉が絞まるみたいに、言葉がつかえる。
　それでも私は、後悔のないように生きたいから。
　絶対に、逃げださないんだ。
「お前はなんの話を……」
　突然お母さんの話をしはじめた私を、お父さんは訝しげに見つめてくる。
　その視線に一瞬たじろぎそうになりながら、それでも足を踏んばった。
「あの日、もっと早く起きてたら……。どうしてあの日に限ってって……苦しくてたまらなかったっ」
　声が震えて、今にも泣きだしそうだった。
「お父さんも……後悔して、辛くて、悲しい思いをしてるんだよね、きっと」
　どんなに取りもどしたいと思っても、やり直しがきかないのが人の命だから。
「……俺はあの日、聖子が疲れた顔をしているのに気づいてた。あんな状態で外を歩けば、事故にあったっておかしくはなかったのに……」
　お母さんは看護師の仕事をしていた。
　ずっと夢だったその仕事を誇りに思っていて、毎日ヘトヘトになるまで働いていた。

責任感の強い人だったし、決して裕福な暮らしではなかったから、体調が悪くても休むっていう選択肢(せんたくし)がお母さんの中にはなかったんだ。
「共働きになったのも、俺がちゃんと家族の大黒柱として支えきれなかったせいだって……。悔やんでも悔やみきれなくてっ」
　お父さんの目から、ポロポロと涙が流れる。
　お父さんが泣いたのは、お母さんが死んだとき以来かもしれない。
　ずっと、悲しくても素直に泣くこと、辛いと言葉にすることができなかったんだ。
　泣くことすら、罪だと思っていたから。
「でも、お父さんもお母さんも、愛し合ってた。苦労はしたかもしれないけど、お母さんは最期まで幸せだったんだと思う」
　そう信じたい。
　だって、お母さんはいつも言ってた。
「お父さんが生まれてきて、お母さんと愛し合って、私が生まれた……。それって素敵なことだって、お母さんが言ってたの」
「あ……あぁ、そうだった。美羽は待ちに待った俺と聖子の……宝だ」
　その言葉を聞きたかった。
　ずっと、私を娘だと認めてほしかった。
「お父さんっ」

泣いているお父さんに歩みより、私は精いっぱい笑う。
「私は……これからの人生をお父さんとふたりで、後悔しないように生きていきたい」
「……美羽とふたりで……。そうか、お前は母さんが俺に遺してくれた、宝だもんなっ」
　私を見つめて微笑むお父さん。
　私、お父さんの娘でいて、いいんだ……。
　ようやく、私をひとりの娘として見てくれた気がした。
「悪かった……。今まで父親らしいことしてやれなくて、本当に……」
「どんなに傷ついても……私がお父さんのことを大切に思う気持ちに、変わりはないよっ」
　手を広げたお父さんに抱きつくと、強く抱きしめられる。
　久しぶりに感じた、お父さんの温もりだった。
「これからは、母さんの分まで幸せになろう。この世界にはいなくても、俺たちが忘れさえしなければ……」
「お母さんは、そばにいてくれる」
　お父さんの言葉の続きは、私が言った。
　今でもこうして、ふとした瞬間にお母さんを思い出す。
　お母さんが私たちに遺してくれたのは、幸せな日々だ。
　誕生日ケーキを作ったときのワクワクした気持ち。
　お父さんが喜んでくれたときは、うれしかった。
　幸せな記憶の中には、いつもお母さんの姿がある。
　それらは思い出すたびに、二度と戻らない日々と切ない気持ちにさせるけど。

それだけじゃない。
　　私たちを笑顔にもしてくれるから。
「あぁ、これからもふたりで思い出をたくさん作って、いつか空へ旅立つ日が来たら……。みやげ話として、母さんに話してあげよう」
　　そう言ったお父さんの顔は……。
　　幼い頃に見た、頼りないけど優しい笑顔だった。
「きみのおかげだ、ありがとう」
　　お父さんは私を抱きしめたまま、黙って見守ってくれていた棗くんに視線を向ける。
「いえ、俺はなにも……」
「俺が美羽と向き合おうと思えたのは、美羽が出ていったあと、きみが活を入れてくれたおかげなんだからな」
　　……え？
　　棗くんが、お父さんに活を……？
　　驚いて振り返ると、棗くんは小さく笑いながら肩をすくめて見せた。
「もともと、ふたりはお互いのことを想っていたってだけですよ。俺の力じゃないです」
「棗くん……ううん、棗くんのおかげです」
　　私は謙遜(けんそん)する彼に、首を横に振る。
　　だって、棗くんは私の背中を押してくれた。
　　そして、私がいないところでお父さんの背中も……。
「棗くんがいなかったら、私はお父さんとこうして笑顔を交わすことなんてできなかったと思います」

「美羽……」
「本当に……本当に、ありがとうっ」
　泣き笑いになったのは、うれしすぎて感極まったから。
　決して悲しいからじゃない。
「美羽……その笑顔が見られただけで、俺はうれしいよ」
「棗くん……」
　なんともいえない気持ちで、棗くんと見つめ合っていると、お父さんが咳払いをする。
「棗くんが、うちに婿に来る日も遠くないな」
「えっ、お父さん!?」
　お父さんの爆弾発言に、大きな声を出してしまう。
　もうっ、そんなんじゃないのに。
　私は熱くなる頬を両手で押さえた。
「お父さんにそう言われるのは、うれしいですね」
　棗くんは"うれしい"という言葉とは裏腹に、その表情を曇らせる。
　棗くん……。
　なんで、そんな顔をするの？
　きみは言ったよね。
　人を"本当の気持ちを隠してしまうプロ"だって。
　本当にそのとおりだと思う。
　きみもそうだ。
　言葉と笑顔で気持ちをはぐらかす。
　私はきみの言葉の裏に隠された本心がわからなくて、胸が落ちつかなくなった。

「お父さん、ご飯は美羽さんの手作りなんです。温めなおしてくるんで、食べましょう」
「あぁ、いただくよ」
　いつの間にか、お父さんと打ちとけている棗くん。
　さっきの違和感は、気のせい？
　そうだったらいいけど、ときどき見せる寂しそうな表情が気になってしまう。
　もし、棗くんもなにかを抱えこんでいるのだとしたら。
　私が力になれたら、いいのに。
　そう思いながら彼の横顔を見つめていると、ふいに棗くんが私の方を向く。
「美羽、俺も食べていい？」
「あ、はい！」
「美羽のご飯は、いつもおいしいからね。もう、お腹がペコペコだよ」
　話しかけてきた棗くんは、すでにいつもどおりの笑顔だった。
　やっぱり、棗くんの笑顔っていいな。
　見るだけで、なんでか、世界が光のヴェールをかぶっているみたいにまぶしく感じるんだ。
「美羽、おめでとうってお父さんに言わなくていいの？」
「あっ、言います！」
　意気込む私を、棗くんはおかしそうに見つめる。
　そんな彼に見守られながら、私はお父さんの方を向いた。
「お父さん、お誕生日おめでとう」

「あ……ありがとう」
「これね、プレゼント！」
　私は、棗くんと選んだスニーカーを渡す。
「美羽……ありがとうなっ、お父さんは幸せ者だ」
　2年前のあの日、お母さんと私が作ったケーキを前に、お父さんが言った言葉と笑顔がそこにあった。
　お母さんの姿はそこになくても、今は寂しくない。
　だって、見えるんだ。
　空から私たちの姿を眺めて、微笑んでいる姿が。
　それに、今は棗くんもいてくれる。
　家族の記念日に、棗くんがいてくれることがうれしい。
　棗くんのおかげで、私とお父さんにとって今日という日が"幸せだった日"として記憶に刻まれた。
　思い出を重ねるって、こういうことなのかもしれない。
　2年ぶりに、家族と過ごす誕生日。
　私はこの日を、永遠に忘れないだろう。
　お父さんと向き合えた、記念日でもあるのだから。

　家を出る頃には、午後9時を回っていた。
　夜空に星がきらめく中、私は棗くんと一緒にマンションへと向かう。
「美羽、本当によかったの？」
「はい、私はもう少しだけ、棗くんと暮らしたいです」
　そう、お父さんと仲直りした私は、家に帰ってこないかと言われたんだけど……。

棗くんの家に残ることを選んだ。
　まだ、棗くんになにも恩返しができていないから。
　お父さんも、私の気持ちをわかってくれて、棗くんなら安心だと言ってくれた。
　もちろん、ときどきは帰る約束をして、家を出てきた。
「俺、本当は少し怖かったんだ」
「え？」
「これで、美羽が俺の生活からいなくなっちゃうんだって」
　寂しげに八の字にさがった眉。
　それに、胸がトクンッと鳴る。
　棗くんが、私がいなくなることを寂しいって思ってくれた。それが、すごくうれしい。
「棗くんが望んでくれるなら、ずっと一緒にいたいです！」
　興奮して、大胆なことを口走っていた。
　それに気づいたのは、棗くんが驚きに目を見開いた頃だ。
「み、美羽……？」
「え、あっ……その、棗くんは私の……家族ですから！」
　あぁ、私はなにを言ってるの!?
　すでに、頭の中はパニックだった。
「美羽……ぷっ、あわてすぎ。少し落ちついて？」
「あっ、ご、ごめんなさいっ」
　棗くんに笑われて、もうどこかへ飛んでいってしまいたくなった。
　どうして、棗くんの前だとこんなにあたふたしてしまうのか……。

私が私じゃなくなる、みたいな感覚にとまどう。
「うれしいんだよ、美羽。俺のそばに残ってくれたことがね」
「棗くん……」
「朝、目が覚めて、美羽の"おはよう"を聞くたび、夜中に目が覚めて、すやすや眠る美羽の寝顔を見るたびに……幸せだなって思うから」
　棗くんの骨ばった両手が、私の頬を包みこむ。
　心臓はドクドクと鼓動を速めて、顔が熱くなった。
「その幸せを、失いたくないなって」
「っ……」
　ひときわ大きく跳ねる心臓に、私は胸を押さえる。
　あぁ、私……気づいてしまった。
　棗くんを見つめると心臓が騒がしくなったり、抱きしめられるとホッとする理由に。
　そして、私も棗くんと同じように……。
「私も……」
「ん？　美羽？」
「棗くんがいない生活に戻るのは……」
　もう無理だってことも。
　こんな気持ちになるのは、私が棗くんのことを……。
「美羽、俺と帰ろうか」
「はい……」
　差しだされる手に、私は自然と手を重ねる。
　見つめ合えば、返ってくる微笑み。
　私の名前を奏でる優しい声。

歩幅を合わせてくれるさりげない気遣い。
すべてが愛おしいと思う。
この感情は……きっと"恋"だ。
月の綺麗な、星のきらめく晩。
漆黒の髪をなびかせる、どこまでも優しいこの人へ。
私は生まれて初めての恋をした。

Episode 11：秘密

【美羽side】

お父さんの誕生日から1週間が経った。

あれから、棗くんとお父さんのところにたびたび顔を出して夕飯を一緒にとっている。

棗くんとの同居生活にはずいぶん慣れた。

その証拠に、今では隣に棗くんがいないと眠れなかったりする。

向かい合って囲む食卓、テレビを見るときは必ず一緒にソファに座ること。

棗くんと過ごす日常の中に、ふたりだけの決まり事ができていくたび、心が温かくなった。

そして季節は、うだるような暑さが募る夏。

「棗くん、棗くん！」

ある日の朝、私は眠っている棗くんの体を揺り動かす。

掛け布団から出ている腕をちらりと見ると、少し細くなった気がした。

棗くん、また痩せた？

ご飯も食べてるはずなのに、心配だな。

「んん……」

棗くんはうなりながら、ゆっくりと目を開けた。

「おは、よ……」

私の姿を視界に捉えて、笑う棗くん。

それは、いつもと同じ笑顔のはずなのに……。
「棗くん、どこか体調悪い？」
　どこか、疲れたような顔をしている気がした。
　よく見れば、目の下にはクマがある。
「ん、大丈……っ」
　体を起こそうとした棗くんが、またお腹を押さえる。
　そして、痛みに耐えるようにうずくまった。
「棗くん‼」
「くっ……大丈……」
「大丈夫なわけないですっ。そうだ、痛み止め……」
　前にお腹が痛かったとき、棗くんは痛み止めを飲んでた。
　それを探そうと周りを見渡すと、机の上に置かれた薬袋を見つける。
　あれだ！
　私はあわてて薬を手に取って、お水と一緒に棗くんに渡した。
　すると、棗くんはすぐにそれを飲みこむ。
「はぁっ……くっ……」
　それでも、痛みはまったくよくならないみたいで、棗くんは汗をダラダラとかきながら苦しんでいる。
　これ、なんかおかしいよね？
　今までも何回かあったけど、痛がり方が尋常じゃない。
「棗くん、救急車呼びましょう！　やっぱりおかし……」
「いいんだっ……このまま、で……っ」
「よくないです！」

私は棗くんを無視して、あわてて救急車を呼ぶ。

　すると、5分もせずにマンションに到着した。
「きみ、声が聞こえる？」
「はい……っ」
　救急隊の人に運ばれながら、棗くんはなんとか答える。
　私もそのあとを追って、救急車へと向かった。
「なにか、持病はありますか？」
　救急車に乗りこむと、救急隊員が棗くんの胸に機械を取りつけながら尋ねた。
　すると、棗くんは話すのを躊躇するように唇を引き結ぶ。
　棗くん……？
　どうして、迷ってるの？
　彼は辛そうに顔を歪めながら、私をチラリと見て、そして口を開く。
「……駅前の総合病院に……行ってください……っ」
「棗くん？」
　それって、片頭痛のかかりつけの病院？
　でも、総合病院って……。
　私はてっきり、クリニックに通ってるのかと思ってた。
　とまどいながらも、棗くんを見つめ返すことしかできないでいると。
「ごめん……美羽」
　まるで泣く寸前かのような顔で、きみはそう言った。

病院に到着すると、棗くんはICUの窓側のベッドに寝かされて、すぐに点滴が開始された。

看護師さんが話していたのが聞こえたけど、棗くんに使われた薬はモルヒネらしい。

それは、私でも耳にしたことがある医療用麻薬(まやく)の名前だった。

「どういうこと……？」

モルヒネってきっと、少し具合が悪いくらいじゃ使わないよね？

副作用なのか、モルヒネが投与(とうよ)されるとすぐに眠ってしまった棗くん。

彼を見つめながら、バクバクと鳴る心臓を押さえる。

怒涛(どとう)の展開に、私は頭が整理できていなかった。

なにも考えられず、病室で立ちつくしていると、ガラガラガラッと勢いよく病室の扉が開く。

「棗お兄ちゃん!!」

黒髪おさげの女の子が、まっ青な顔で駆けよってきた。

「お兄ちゃん、お兄ちゃん！」

泣きながら棗くんの体を揺すっているのは、前にマンションの前で会った女の子だった。

たしか、名前は……。

「杏、やめなさい」

「お母さん……だって、棗お兄ちゃんがっ」

そのあとに病室に入ってきたのは、40代くらいの女性。

やっぱり、妹さんとお母さんだ！

「あのっ」
　声をかけると、女性が私に視線を向ける。
「あなたは……美羽さんね」
「え……あ、はい」
　どうして、私の名前を知ってるの？
　目を丸くすると、お母さんはニッコリと棗くんにそっくりな笑顔を浮かべる。
「あなたのことは、棗から聞いているわ」
　え、聞いてるって……。
　棗くん、私のことをどんな風に話したんだろう。
　気になりながらも、私はペコリと頭をさげる。
「ずっとごあいさつできなくて、すみません」
「あら、いいのよ。私もあらためて……棗の母です。それでこっちは、妹の杏です」
「よろしくお願いします！」
　あわてて頭をさげると、お母さんが私の肩をポンッとたたいた。
「あなたが棗の……最期にそばにいたい人ね。素直そうないい子だし、納得だわ」
「え、最期……？　あの、どういう意味ですか？　私、棗くんが突然倒れた理由もわからなくて……」
　私の言葉を聞いたお母さんは、深刻そうな顔をする。
　え、聞いちゃいけないことだった？
　でも、私はなにか大切なことを知らない気がする。
　そう思うのは、今まで感じていた棗くんへの違和感。

時折お腹が痛そうにしていたのも、目の前のモルヒネのことも……。
　きみは、なにを隠しているのだろう。
「そう、棗はまだ話していないのね。いずれ知られることになるって、わかっていたでしょうに……」
　動揺していると、お母さんは悲しげに私を見つめる。
　ドクンッと心臓が嫌な音を立てて、早鐘を打ちはじめた。
　これから私は、なにを知ることになるの？
「お兄ちゃんは、膵臓の癌なんだって」
「え……」
　お母さんの服の袖をつかみながら、杏ちゃんがポツリとつぶやく。
　その言葉に、頭がまっ白になった。
　癌……癌って、棗くんが？
　いつも元気に笑ってたのに。
　癌だなんて、棗くんは一言も語らなかった。
　なにかのまちがいだよ。
　いきなり癌だなんて言われても、信じられるわけがない。
「食欲がなくなって痩せたり、お腹が痛くなるって言ってたよ」
　杏ちゃんが私に教えてくれた症状には、覚えがある。
　思い返せば、棗くんが腹痛に苦しんでいるのも見かけたし、日に日に痩せていってるような気もしてた。
　まさかそれが……癌のせいだったなんて。
「棗は今年の１月に、膵臓癌って言われてね。化学療法、

いわゆる抗がん剤治療もしたの」
「そんな……そんなに悪い状態だったなんて……」
　抗がん剤って髪が抜けたり、吐き気が強かったり……。
　それだけですごく体力が削られるって、テレビで見たことがある。
　棗くんは、そんな辛い思いをしていたの？
　カタカタと震える手をギュッと握りしめる。
　すると、追い討ちをかけるように、お母さんは言葉を続けた。
「でもね、強い薬だから副作用も強い。それでもがんばってきたのに、薬の耐性がついてしまって……」
　話しているお母さんの声が、夜のさざ波のように震えた。
　私はこれ以上、知ることが怖い。
　この先に、どんな真実があるの？
　怖い、怖いよ……。
　そして、お母さんは重い口を開いて告げる。
「……っ、抗がん剤も効かなくなってしまったの」
　抗がん剤が効かない？
　それって……。
「じゃあ、棗くんは……」
　どうなってしまうの？
　大丈夫だよね？
　いなくなったりしないよね？
　たくさんの不安が一気に頭の中を駆けめぐる。
「抗がん剤が効けば1年……効果が弱ければ1年未満だっ

て言われてる」
　それって、まさか……。
「余命が……余命が、１年ってことですか……？」
　そんなの、嘘だよね……？
　お願いだから、ちがうって言って。
　すがるように見ると、お母さんは申しわけなさそうに視線を落とした。
「……そうよ。棗が告知を受けたのは１月だから、もうあと６ヶ月くらいしか、棗に残された時間はないの」
「そんなっ……」
　ガラガラとなにかが崩れおちていく音がする。
　それは、幸せから絶望へと転落していくような、そんな感覚だった。

「ん……」
　棗くんが目を覚ましたのは倒れてから８時間後、夕方になった頃だった。
　夕日が風になびいたカーテンにさえぎられて、棗くんの顔に影を落とす。
　それが、"死"の影を連想させて怖くなった。
「美羽……？」
「…………」
　名前を呼ばれたのに、私は棗くんの顔を見つめたまま、なにも言えずにいた。
　お母さんと杏ちゃんは、棗くんの入院の準備をするため

に荷物を取りに家に戻っている。
　さっき聞いた話だけど、棗くんのお父さんは海外赴任しているらしい。
　お母さんが連絡をしたら、今日の夜の便で日本に帰ってくるとのことだった。
　到着は明日の朝になるらしい。
　私はというと、棗くんのベッドサイドの椅子に座って、ずっと付きそっていた。
「美羽、どうし……そうか、知ったんだね」
　私の顔を見た棗くんは、なにかに気づいたように、寂しげに微笑んだ。
　どうして、こんなときにそんな風に笑えるの。
　今までだってそう。
　どうして……。
「辛かったはずなのに……どうしてっ」
「美羽、俺にずっと付きそってたんだよね。ちゃんとご飯は食べた？」
「そんなこと!!」
　つい、声を荒らげて立ちあがる。
　こんなときまで、他人のことばかり考えている彼に腹が立っていた。
「そんなことっ……どうでもいいっ」
「美羽……」
「このまま、なにも言わずに遠くへ行っちゃうつもりだったんですか？」

泣きそうになりながら、棗くんのベッドにすがりつく。
　それでものしかかってくる絶望に耐えきれなくて、私は膝から崩れおちた。
「私になにも言わずにっ」
「……ごめん。どうしたらいいのか、わからなかったんだ」
　とまどうように、私の手の甲に自分の手を重ねた棗くん。
　私は手のひらを上にして、それを握り返した。
　棗くんは、たったそれだけのことでうれしそうに笑う。
　私はそれくらいしか、きみにしてあげられない。
　大人になって、もっと強い女性になって……。
　きみにうんと恩返しするつもりだったのに。
　きみに残された時間は、あまりにも少なすぎる。
「もう治療は……治療で、なんとかできないんですか!?」
　希望はないの？
　棗くんが、この先もずっと生きていられるように、なにか……！
　この人がいなくなるなんて、想像したくない。
　そんな願いも虚しく、棗くんは静かに首を横に振る。
「……始めは、腫瘍のせいで体が黄色くなってね。原因は胆汁が通る管が腫瘍で狭まって、たまっちゃったからなんだって。それを体の外へ出す治療をしたんd」
「え……？」
　ポツリと、諭すかのように話しはじめる棗くん。
　彼がなにを言おうとしているのかは、見当がつかない。
　でも、わからないからこそ、耳を傾けることにした。

「今の体の状態だと、いつ感染症が起こるかわからないからって入院した。それで黄疸が治まると、今度は抗がん剤が始まったんだけど……」

 話に耳を傾けながら思った。

 棗くんはすでに、死を受け入れているんじゃないかと。

 治療がうまくいかなかったなんて辛い話を、笑みを浮かべながら淡々と話すから。

「抗がん剤は使っていくうちに、効かなくなっちゃってね」
「……はい……お母さんに聞きました」

 耐性がついて、薬が効かなくなったって。

 だから、棗くんの余命は……もう数ヶ月だってっ。

 さっきからズキズキと、胸の痛みはひどくなるばかり。

 血の気が失せたように、指先まで冷たくなっていく。

「だからね、治療はもうたくさん受けたんだ。……それでも、俺に残された時間は変わらない」
「そんな……っ」
「もう、抗がん剤で身動きが取れなくなるのは嫌なんだ。それなら最期まで俺らしく生きて、後悔のないように死にたい」

 それは、迷いのない一言。

 この"死にたい"は、絶望から生まれたものじゃない。

 だってきみは、進むべき道を決めた人の……まっすぐな瞳をしている。

 彼は多くの希望と絶望の中で、その答えを選んだんだと、嫌でもわかってしまった。

「家族にも、最後まで治療をあきらめるなって言われたけど……俺がいちばんわかってる。治療をしても、副作用が辛くてモルヒネを使って……眠るだけになるって」

きっと、棗くんは今までにたくさん辛い時間を過ごしたんだろう。

私がなにも知らずに高校で過ごしてきた時間、きみはひとりで戦っていたんだ。

「だから俺は残りの人生、やりたいことをやって生きようって思ったんだ」

ひとり暮らしをしていたのは、棗くんの言うやりたいことを実現するためだったからなのかな。

だとしても、部屋でひとりだったら、倒れたときに救急車も呼べない。

すぐに助けてもらえないかもしれないんだよ？

「それにしたって、ひとり暮らしするのは危険すぎます！ なにかあったら、どうするんですか……」

ひとり暮らしをしなければならない理由はわからないけれど、無茶するにもほどがあるよ。

それに、残された時間が少ないのなら……。

余計に家にいたい、家族と過ごしたいって思うはず。

棗くんはなんで、家族と離れて暮らしているんだろう。

「俺がやりたいことをやるってことは、最後まで治療をあきらめないでほしいっていう家族の願いを踏みにじるものだったから……」

私が家族だったとしても、そう願うと思う。

大切な人に、生きることをあきらめないでほしいと思うのは当然だ。
「うしろめたい気持ちがあったんだ。だから家族から逃げるように、ひとり暮らしを始めた」
「私も棗くんのご家族と同じ気持ちです。助かる可能性があるのなら、治療を受けてほしい」
「……俺は最期を、寝てるのか起きてるのかもわからないような状態で迎えたくない。最後にこの目に映る世界が、病室の天井なんて嫌だったんだよ」
　だから……きみはひとり暮らしをしてたんだ。
　私は初めて、棗くんの家に行ったときのことを思い出す。
　私が家族と住んでいないのかって聞いたら……。
『あぁ……数ヶ月だけ、ひとり暮らしをさせてもらってるんだ』
　きみはそう言った。
　その"数ヶ月"は、命のタイムリミットだったんだ。
　1ヶ月も一緒に暮らしていたのに、きみの抱えるものに気づけなかった自分が情けない。
「……でも、やっぱりひとりは寂しかった。いつ来るかもわからない死に、胸が押しつぶされそうだった」
　棗くんは私の手を握る手に、ギュッと力を入れる。
「でもそんなとき、あのゴミ箱の前で美羽に再会した」
「え……？」
　再会したって、どういう意味？
　私と棗くんは、あの日初めて出会ったんじゃ……。

「美羽は覚えてないかもしれないけど……俺と美羽は前に一度会ってるんだよ」
「えっ、私と棗くんは、どこかで会ってたんですか？」
「うん、俺にとっては……ずっと消えない想いと一緒に、ちゃんとここに残ってる大切な出会い」
　棗くんは自分の胸をトントンとたたく。
　そういえば……初めて棗くんのベッドで眠ったとき。
　夢かうつつかわからない微睡(まどろ)みの中で聞こえた、あの声。
『また会えてよかった……』
『もう、ひとりで寂しい思いはさせない。俺がきみのそばにいられる間は絶対に……』
　棗くんが、そんなことを言っていた気がする。
　あのとき私は、どうしてこんなに優しくしてくれるんだろうって不思議に思ったんだ。
「俺にとって美羽はね……」
　そして語られる棗くんの話を、一言も聞きもらさないようにと私は耳を傾けた。

Episode 12：どんなときもそばにいるよ

【美羽side】
「だから、俺にとって美羽はね……光なんだ」

棗くんから聞かされたのは、私が高校を受験した日のことだった。

今まで忘れていたけれど、私たちはたしかに会っていた。

道端で体調が悪そうだった棗くんに私が声をかけて、そこから一緒に高校に向かった数十分間。

初めて会った人なのに、あの頃から雰囲気が優しくて、すぐに打ちとけられたのを覚えてる。

あのときの先輩が、棗くんだったんだ。

どうして今まで、忘れてたんだろう。

きみは『なにがあっても、きみにもう一度会いにいくよ』と言ってくれたのに。

きみは本当に、約束を果たしてくれたんだ。

「約束……っ。私に会いにきてくれてありがとう」

辛くてボロボロで、世界にたったひとりだと思っていた私を救うために、きみは現れてくれた。

私にとっても、きみは光だったんだよ。

「美羽が入学してきたのは知ってたんだけど、まだ抗がん剤治療もしていたし、いざとなったらはずかしくて……。すぐには会いに、いけなかったんだ」

「棗くん……」

「でも抗がん剤がだめになって、自分があと少ししか生きられないって知ったとき、まっ先にきみの顔が浮かんだ。もっと早く、会いにいけばよかったって後悔してる」

困ったように笑って、棗くんは握ったままの私の手を見つめた。

「棗くん、それって……どういう気持ちから……」

「……俺に、それを言う権利があるのかな」

悲しげにうつむいた棗くんに、ギュッと胸が締めつけられる。

彼の言葉と表情で、答えはすぐにわかった。

遠くない未来、棗くんは私の元から去ってしまう。

だから、想いを伝えることをためらっているのかも。

私は……どうしたい？

棗くんの口から、なにを聞きたいんだろう。

「この胸にある想いが、美羽を苦しめるのだけは嫌なんだ」

「っ、私は……」

「だからせめて、この命がある限り、きみのためになにかをしたいと思う」

棗くんは残された時間で、私を幸せにしようとしてくれている。

なら、私は……？

これから私は棗くんのために、なにを覚悟する？

なにを捧げることができるだろう。

「ただ美羽が……俺がそばにいることで辛い想いをするのなら……」

離れてもいいって、言うつもりなんだ。
　家族と離れたときと同じように、申しわけないからって自分の本当に望んでいることを後回しにして……。
　棗くんは、自分よりも他人を優先させてしまう。
　……優しすぎる人だから。
　そんなことを考えているうちに、だんだんと気持ちが整理されていく。
　とまどっている気持ちが、落ちついてくるのを感じた。
「私……」
　そうだ、私の中にあるのは……。
　揺るぎない棗くんへの想い。
　私がお父さんとの関係に悩んでいたとき。
　きみは言ったよね。
『明日、ふたりのどちらかの命が消えることだってあるかもしれない』『あとになってこうしてればよかったなんて、後悔しても遅いんだ』って。
　私もそう思う。
　だから今、叶えたい願いのためにがんばるべきなんだ。
「私は……」
　こうして悩んでいる間にも、刻々と棗くんの命の期限は近づいている。
　あぁ、そうだったんだ。
　失いそうになって、初めてわかった。
　私は棗くんのことが、好き以上に愛しいんだ。
　絶対に失いたくないって、思ってる。

避けられない別れが待っているのだとしても……。
　私はこの恋を、貫きたい。
「……私は、棗くんが好き」
「え……」
　棗くんは、突然の告白に目を見開いた。
「…………」
　そして、言葉を失っている。
　私が離れていくとでも思ったのかな。
　私だって、そばにいれば辛いのはわかってる。
　こんなにも好きなのに、いずれきみは私を置いていってしまうから。
　だけど、きみが私の知らないところで孤独に震えている方が、何倍も心が痛いんだよ。
「もし私が明日、死んでしまうのだとしたら。後悔しないように、この恋を貫きたいって思います」
　そう……どんなに悩んでも、私の気持ちは変わらない。
　きみが私にとってかけがえのない人である限り、この決意は揺るがない。
「美羽……でもきみは、俺の命が終わるその瞬間を目の当たりにできる？　美羽は優しいから、泣くだろう。俺は美羽に、そんな思いをさせたくな……」
「私はっ、私がいないところで棗くんが苦しんでいるのが嫌っ。泣くのなんて、当り前じゃないですか！　大切な人なんだから……っ」
　繋がれた棗くんの手を強く握りしめた。

涙で歪む視界の中、必死に棗くんの姿を捉える。
「私がいちばん辛いとき、棗くんがそばにいてくれたように……。どんなに辛くても、今度は私が一緒にいる。……棗くんは？」
「俺……？」
「棗くんは、なにを望みますか？　棗くんが望むこと、私はすべて叶えてあげたいっ」
　私が棗くんにしてあげられること。
　きみの願いを全力で叶えることが、私の望むことだ。
　こんなにも、強い気持ちになれたのは……。
　目の前にいるきみに、恋をしたからなんだろう。
　こんなにまっすぐに誰かを想うことが、私に底なしの勇気をくれるんだってこと……初めて知った。
「っ……美羽を傷つけることになるかもしれない……」
「はい……」
「美羽を泣かせてしまうかもしれない……。でも俺は、美羽のそばに……そばに、いたい」
　静かに、棗くんの瞳から涙がこぼれる。
　棗くんが泣いたところを初めて見た。
　彼の涙は夕日に照らされ、オレンジ色の光を反射させながらキラリと輝く。
　それは儚い棗くんの命の灯のように美しく、私の胸を切なくさせた。
「美羽のこと……初めて出会った日から、ずっと好きだった……。一緒に暮らしてからは、きみのために生きたいっ

て思うほどに愛しかった……っ」
「っ……棗くんっ!!」
　たまらず、横になっている棗くんに抱きつくと、私の背中におそるおそる腕が回る。
「棗くんっ、好きです……苦しいくらいにっ」
　胸が張り裂けそうなほど、焦がれるほどに。
　ポロポロと涙が溢れて、棗くんの肩に落ちる。
「俺……気持ちを伝えるなんて、絶対に許されないと思ってた。でも……ごめんね、ごめん。美羽……どうしようもないくらいに、美羽が好きだっ」
　始まったばかりのこの恋は、きっとすぐに終わりを迎えてしまう。
　それでも……きみを想うことを止められない。
　噴水のように無限に溢れてくる、好きって気持ち。
　辛くても苦しくても、こうして通じ合えたことを幸せだと感じるんだ。
「棗くんっ……」
「できることなら、美羽のことを、この先もずっと守ってあげたかった。俺に、それが許されたのなら……っ」
　ふたりで泣きながら、お互いの存在を確かめ合うように抱き合う。
　私の命を、棗くんに分けられたらいいのに。
　生きる時間の長さも、死ぬ瞬間も、ふたり同じにできたなら……。
　こんなに悲しい思いなんて、しなくて済んだのにっ。

「ごめんな、美羽……っ」

　謝りつづける棗くんに、私は悲しくなる。

　棗くんは私を置いていくことに、罪悪感を抱いてるんだろう。

　せっかく思いが通じ合ったのに、悲しんでばかりでは寂しすぎるよ。

　残された時間は、普通の恋人のように、幸せな思い出を重ねて過ごしたい。

　そのために、私が言えることは……。

「棗くんの残りの命……最後の１秒まで、私にくれるのなら……私は幸せだよ」

「美羽……」

「だから、私に棗くんのすべてをください……っ」

　私のこの身も心も、棗くんにあげる。

　どんなに辛くても、悲しくても、絶対に棗くんのそばを離れないから……。

「っ……そんなの、初めから美羽にしかあげない。だから、俺……美羽を好きでいてもいい？」

　乞うように私を見つめる棗くん。

　私は、泣きながら微笑んだ。

　辛いよ、いなくならないでって言ってしまいそうになる自分の心を奮いたたせるために。

　そう言ったら、棗くんはきっと自分を責めてしまうから。

「私を好きでいてください。その想い……ずっと消さないでいてね」

「うん……俺の想いはすべて美羽に……。だから、最期までそばにいてください」
　私たちは、引きよせられるように顔を近づける。
　お互いの輪郭がぼやけて見えるほど近い距離。
　かかる吐息(といき)に前髪が揺れる瞬間さえ、忘れないように。
　お互いの姿をその目に焼きつける。
「好きだよ、美羽……」
「私も……好きです」
　そっと重なる唇の温もり。
　初めてのキスはどちらのものなのか、涙で少しだけしょっぱい味がした。
　そんなキスの味も、この胸の高鳴りと幸福感も……。
　一生忘れないように……と、私は棗くんに身を寄せるのだった。

　入院して3日が経ち、棗くんの体調はずいぶん落ちついてきた。
　最期の一瞬まで、そばにいる。
　それが私と棗くんの選んだ道だった。
　でも、その願いを叶えるためには、向き合わなければならない人たちがいる。
「みんな、話があるんだ」
　面会の終了(しゅうりょう)時間が迫(せま)る中、棗くんは切りだす。
　夕暮れに染まる病室。
　棗くんはベッドの上で上半身だけを起こしており、その

隣に私も立っていた。
「話ってなんだ？」
　困惑顔のお母さんと妹の杏ちゃんの代わりに、お父さんが尋ねる。
　その表情は、どこか厳しい。
「俺、退院して美羽とあのマンションで暮らしたいんだ」
　棗くん……。
　ハッキリと言ってくれた棗くんに、私の胸が熱くなる。
　誰に反対されても、これが私たちの望む生き方だから。
　棗くんのご家族にも、納得してもらいたい。
「なにを言うの！　もう十分自由にさせてあげたじゃない！　お願いだから、残りの時間は私たちといて」
　棗くんのお母さんは、目をまっ赤にして棗くんの足もとにすがりついた。
「母さん、ごめん……それはできない」
「どうしてよ！　あなたは家族なんて、どうでもいいと思ってるの!?」
「ちがうよ。母さんも父さんも杏のことも……大事だ」
「だったら……！」
「だけど俺、そばにいたい人がいるんだ。美羽が好きだから、彼女といたい」
　棗くんの視線が、私に向けられる。
　勇気づけるようにうなずいて見せれば、彼は口パクで「ありがとう」と言った。
「高校生の恋愛なんて、その場限りよ。それよりも、お母

さんたちと一緒に……」
「ちがう！」
　お母さんの言葉は、棗くんの怒鳴り声によってさえぎられた。
　その場にいた棗くんのご家族が、驚きに目を見張る。
　棗くんがこんな風に声を荒らげることは、今までなかったのかもしれない。
　そんな反応を家族はしていた。
「俺がこんな体じゃなかったら、俺はきっと美羽と結婚してたと思う。そんな未来を描けるのは彼女とだけだ」
「棗くん……」
　私は思わず、彼の手を取った。
　うれしい、私も同じ気持ちだよって。
　そんな気持ちをこめて、強く握った。
「高校生だからとか、関係ない。俺の中にある美羽への想いは、その場限りの軽いものじゃないんだ」
「棗……」
　言葉を失うお母さんの肩に、先ほどまで黙っていたお父さんが手をのせた。
「棗は余命を知らされてから、残りの命の使い方についてたくさん考えたんだろう」
「父さん……うん、考えぬいた末に出した答えなんだ」
「もう、子供じゃないんだもんな。本当は、お前が家を出たいって言いだす前に、尊重してやるべきだった」
　お父さんは声を震わせながらも、気丈に微笑む。

厳しさの中に、垣間見える優しさ。
　心から、棗くんが大切なのだとわかった。
「あなた……そうね、棗の人生は棗のものだもの。ふたりとも、さっきはその場限りの恋愛なんて言ってごめんなさいね」
　お母さんは私にも頭をさげてくる。
「そんな、私は気にしてませんから……。お母さんが棗くんを心配して言ったこと、ちゃんとわかってます」
　気負ってほしくなくて、私は笑いかける。
　すると、お母さんはくしゃりと顔を歪めて「ありがとう」と言った。
「棗お兄ちゃん、家に帰ってこないの？」
「杏、ごめんな。どうしても、美羽のそばにいたいんだ」
　不安げに見あげる妹の頭を棗くんはなでる。
「美羽お姉ちゃんと？　なら、みんなで遊びにいく。そうしたら、誰も寂しくないね」
　杏ちゃんの言葉に、張りつめていた空気が和らいだ。
　お父さんとお母さんは顔を見合わせながら、困ったように笑う。
「棗の好きにしなさい。でも、なにかあったらすぐに連絡すること、わかったね」
　お父さんの言葉に、私は棗くんと顔を見合わせる。
　ご両親にも棗くんの思いが通じたらしい。
「「ありがとうございます」」
　私たちは感謝の気持ちをこめて頭をさげると、声をそろ

えてお礼を伝えたのだった。

　棗くんは数日間入院したのち、容体が落ちついてから退院した。
　定期的に受診する必要はあるけれど、幸い痛み止めで痛みがコントロールできている。
　病院で最期を迎えたくないという棗くんの意志を尊重して、今まで暮らしていたマンションへと戻ってきていた。
　これまでのことは、私のお父さんにも説明をした。
　少し前、学校帰りに棗くんと一緒に家に寄って、病気のこと、最期の瞬間までそばにいたいことを伝えた。
　お父さんは愛した人を、お母さんを見送っている。
　だからか、すぐに納得してくれて「俺のことはいいから、彼のそばにいてあげなさい」とまで言ってくれた。
「ふぅ……暑いな」
「本当にね。棗くん、体調は大丈夫ですか？」
　季節は本格的な夏に近づいている。
　私は棗くんと暑い日差しの中、高校へと向かっていた。
「うん、今は大丈夫。念のため、痛み止めも持ってきたから」
　棗くんはそう言いながらも息切れしている。
　お腹をさすりながら、なんとか歩いているけれど、痛み止めを飲まないと耐えられないほどの激痛があるらしい。
　そこまでして、彼が学校に行くのには理由がある。
　棗くんは体が動かなくなるその日まで、健康な人と同じ、普通の生活がしたいと言う。

病気だからできないって思うのは、自分らしく生きたいという気持ちを否定するのと同じだと話してくれた。
　だから私も、きみの選択を応援しようと決めている。
「でも、無理しないでくださいね。私には辛いって、ちゃんと言ってください」
「ふっ……うん、美羽に嘘はつかないって約束する」
　とはいえ、私は……。
　棗くんが痛みに苦しんでいても、背中を擦るくらいしかできない。
　それが、歯がゆくてしょうがない。
「それにしても美羽、俺にいつまで敬語を使う気？」
「え？」
　棗くんは不満げに唇をへの字にしながら、私を軽くにらんだ。
　それに、ハッとする。
　そういえば、棗くんにタメ語で話すように、お願いされていたんだった。
　それは今朝の出来事。
　棗くんと朝食をとっているときに、『これからはタメ語で話してほしい』、そう言われたのだ。
「こっちの方が自然になっちゃって、すみま……」
　そこまで言いかけて、彼の眉がハの字にさがる。
　私、また敬語を使おうとしちゃった。
「ご、ごめんね棗くん？」
「よし、いい子」

言いなおすと、フワリと笑う棗くんに頭をなでられる。
　それにホッとしながら、私は笑顔を返した。
「美羽、手を繋ごうか」
「あ、うん！」
　差しだされた手にうれしくなって、飛びつくようにすぐに繋ぐ。
　触れる温もりにドキドキしながら、彼の横顔を見あげた。
「うん？」
　すると、私の視線に気づいた棗くんが首を傾げる。
　その仕草さえ愛おしいと思うのは、ほれた弱みかな。
　たったそれだけのことが……。
「幸せだなって」
「っ……美羽、あんまり俺を喜ばせないで」
　そう言って、棗くんは私に顔を近づける。
　そして、頬に軽くキスを落とした。
「わっ……棗くん！」
　あわてて、周囲を確認する。
　よかった……誰もいない。
　通学路に運よく人がいなかったことに、心から神様に感謝したい気分だった。
「ははっ、だって美羽が可愛いからしょうがないよ」
　繋いだ手を子供みたいに、ぶんぶんと振りだす棗くん。
　こうしていると普通の恋人同士みたい。
　棗くんが病気だなんて忘れてしまいそうになる。
　だけど、今日のように一緒に登校できる日は……もう二

度と来ないかもしれない。
　近い将来、そんな日が必ず来る。
　私はその日を迎えることが、怖くてたまらない。
「美羽……」
　急に黙りこんだ私を、心配そうに見つめる棗くん。
　いけない、棗くんが気にしちゃう。
　もっと、しっかりしないと……。
　いちばん怖いのは、棗くんなんだから。
「棗くん、どこか行きたいところってない？」
「行きたいところ……うーん、美羽がいるならどこでもいいんだけどな。じゃあ、図書館で勉強でもする？」
「ええっ！」
　こんなときに勉強って……。
　そう思って、すぐに考えなおす。
　うちの学校は７月の頭に終わった期末テストとは別に、夏休み前に全教科の小テストを受けなきゃいけない。
　これに落ちると、夏休みも登校して勉強会に参加させられる。
　それは単純に嫌だし、それに……。
　棗くんが病気じゃなかったら、この時期に小テストに向けて勉強することは当たり前のことなんだよね。
　棗くんは最期まで、普通に生活することを望んでる。
　だったら……。
「私、数学が苦手なんです。棗くん、教えてくれる？」
「うん、美羽のためなら喜んで」

「ありがとう……勉強は嫌いだけど、楽しみ」

　今は、棗くんと普通に過ごせる時間を大切にしなきゃ。

　そう自分に言い聞かせ、この手の温もりがずっと消えませんようにと繋いだ手に力を込めた。

　放課後、棗くんと図書館で勉強する約束をして別れると、私は自分の教室へと向かった。

　自分の席に腰をおろすと、すぐに部活から帰ってきた真琴ちゃんが前の席に着いた。
「美羽、なんか最近、顔色悪くない？」

　こちらを振り返りながら尋ねてくる。
「え、そうかな……？」

　私は、笑顔でごまかす。

　真琴ちゃんにはまだ、棗くんの病気のことを話していなかった。

　なんというか、私自身まだ受けとめきれてないので、言葉にするのが辛かったのだ。
「……うちが何年、美羽の親友やってると思ってんだよ」
「真琴ちゃん……」

　3年ほどの付き合いがある真琴ちゃんには、私がなにかを隠していることなんてお見通しみたい。

　なら、もう強がらなくてもいいかな？

　そう思ったら、タガが外れたみたいに笑顔を崩す。
「っ……じつは……」
「美羽、1限目は仲よくサボリな」

「うん、ありがとう……」
　泣きだしそうな私に気づいた真琴ちゃんは、私の腕を引いて立たせると、屋上に私を連れだした。
「ほら、話してみ？」
「うん、あのね……」
　転落防止のフェンスに背中を預けてしゃがむと、私は棗くんの病気のことを話した。
　最初は驚いていた真琴ちゃんも、最後まで静かに話を聞いてくれた。
　すべてを話しおえると、真琴ちゃんは私のことを抱きしめた。
「辛かったな、美羽」
「っ……うぅっ……うんっ……」
　そっか、私……。
　誰かに聞いてほしかったんだ。
　この苦しい気持ちを、誰かに吐きだしてしまいたかった。
「私……っ、棗くんのことを失いたくないっ」
　もう何度目かわからない涙を流しながら、私はどうにもならない願いを口にする。
「ずっと、ずっと……そばにいたかったよぉっ。想いは通じ合ってるのに、なんでそばにいられないんだろうっ」
　なにか、棗くんが悪いことをしたの？
　あんなに優しい人をどうして、神様は連れていこうとするんだろう。
「最後までそばにいるって決めたのに、まだ怖いのっ。全

然覚悟なんてできてないっ、口先だけっ……」
「でも、美羽は強いよ……。それでもそばにいることを決めたんだから」
　真琴ちゃんの手が、ポンポンとあやすように私の背中をたたく。
　私はそれに甘えるように泣きつづけた。

「美羽、ほら……」
　泣きやんだ頃、私のために真琴ちゃんがハンカチを濡らしてきてくれた。
　泣きはらした私の目にそれを当ててくれる。
「冷たくて気持ちいい……。真琴ちゃん、ありがとう」
　真琴ちゃんが冷やさなきゃと思うくらい、私の目は赤く腫れてしまっているみたいだ。
「んーん、気にすんな」
　そんな私の頭をポンポンとなでてくれた真琴ちゃんに、もう大丈夫だと言わんばかりに笑って見せた。
「美羽が辛いときは、そばにいる。だから、今は全力で自分にできることをしなよ」
「真琴ちゃん……」
「泣くのも、弱音を吐くのも、あとでたくさんしたらいい。だけど、大切な人と笑い合える時間には限りがあるんだろう？　なら、今はその時間を全力で生きなよ。最後はうちが抱きしめてやるから」
　ニッと笑う真琴ちゃんに、私はまた泣きそうになる。

「ありがとうっ、真琴ちゃん!!」
「はいはい」

　真琴ちゃんに話してよかった……。
　親友がいるって、本当に心強いな。
　うん、私……がんばろう。
　棗くんのそばにいるって、決めたんだから。
　親友の肩に顎をのせながら、私は自分の気持ちをもう一度奮いたたせるのだった。

　昼休み、私は棗くんと裏庭のベンチに座る。
　棗くんの彼女になってから、学校で一緒にお昼ご飯を食べるのは初めてだ。
　授業中も早く昼休みにならないかな、と楽しみにしてたんだよね。
「棗くん、今日は女の子たち、撒けたんだ?」
「ちょっとしたコツを習得したんだ」
「ふふっ、なにそれっ」
　一緒におにぎりを頬ばりながら、他愛もない話をする。
　棗くん、病院で出された食事はほとんど食べられなかったのに、私の作ったものは全部食べてくれるんだよね。
　あと何回、きみにご飯を作ってあげられるのか、わからないから……。
　私は毎日、ごちそうを作るように心がけている。
　今日は朝からミニハンバーグとグラタン、ポテトサラダを作ってお弁当箱に詰めてきた。

きみが遠くない未来に迎える最期の瞬間に、美羽のご飯がおいしかったなって思い出してくれたらいいな。
「棗くん、おいしい？」
「美羽のご飯は、世界一おいしいよ」
「よかった、うれしい」
　……だけど、最初の頃と比べて、ご飯をよそう量はどんどん少なくなってる。
　少し頬もこけているのが、気がかりだった。
　嫌でも目に入る、棗くんに迫る病魔の影。
　それから必死に目をそらして、私は笑顔を浮かべた。
「ふぅ……俺、つくづく感じるな。美羽の笑った顔が、俺を元気にしてくれるんだって」
「棗くん……」
　棗くんが、私の頬をスルリとなでて微笑んだ。
　その手は、宝物に触れるかのように優しい。
「人を好きになるって、すごいことなんだね。それだけで、力が湧いてくるんだもんなぁ」
　まぶしいものを見るかのように細められる目に、トクンッと心臓が鳴った。
「っ……そっか。私……役に立ててうれしい。棗くんのためになにかしたくても、ありきたりなことしか浮かばなくて焦ってたから……」
　棗くんの好きなご飯を作るとか、そういう単純なことしか浮かばない自分に、落ちこんだりしてた。
　だけど、そばにいるだけでも力になれてたんだってわ

かったら、気持ちが軽くなった気がした。
「バカだなぁ、美羽は。俺がどれだけ、美羽を好きかわかってない」
「えっ……？」
「美羽の存在自体が、俺にとってはかけがえのない宝物。それ以外なんて望んでないんだよ」

　前髪をかきあげられて、額にキスをされる。
　ふいうち、恐るべし……はずかしすぎるっ。
　どうしよう、棗くんを直視できない！
　まっ赤になっていると、棗くんにクスリと笑われた。
「俺のために、なにかしようとしてくれるのはうれしいけど……。美羽がいてくれるなら、なんでもうれしい」
「棗くん……」
　すごく大切にされてる。
　自分でそう言えちゃうくらい、棗くんの言葉から想いが伝わってくる。
　愛し、愛されるのって……。
　こんなに幸せなことなんだね。
「それでもなにかしたいって不安になるなら……そこのミニハンバーグ、食べさせて？」
「棗くん……ふふっ」
　お茶目な言い方に、私は笑ってしまう。
　フォークにミニハンバーグを刺し、私は棗くんの口に近づけた。
「棗くんのためなら、喜んで！」

「本当に……美羽は可愛すぎる」

棗くんはミニハンバーグをうれしそうにパクリと食べてくれた。

こんな幸せな時間をたくさん積み重ねよう。

いつか、この日のことを思い出したとき……。

この人を好きになれて、一緒にいられてよかったって思えるように。

「棗くん、私にも食べさせてくれるとうれしいな？」

私の中に棗くんとの楽しい思い出を刻みたいから。

思いきって、甘えてみる。

「ふっ、喜んで、俺のお姫様」

棗くんはわざとらしく王子様みたいな言い方をする。

ミニハンバーグの刺さったフォークを私に近づける彼に、心底幸せだなって思った。

私、今日のこの瞬間を絶対に忘れない。

今日だけじゃなく、明日も明後日も、棗くんのくれた笑顔や言葉は全部、この心に刻みつけよう。

こうして、昼休みの短い時間、棗くんとふざけ合いながら楽しい時間を過ごした。

放課後、私は棗くんと待ち合わせしていた図書館にやってきた。

棗くんが勉強をしようと言いだしたのは、明後日から始まる小テストのためだ。

そのテストが終われば、私にとっては高校生活初めての、

棗くんにとっては人生最後の夏休みがやってくる。

最後だなんて思いたくないけれど、覚悟だけはするようにしていた。

きみの容態が急変したときに、取り乱さないように。

最後に言いたいことを伝えられなかった、なんてことにならないように。

「美羽、そこは出したい答えをxに置きかえて、式に当てはめたらいいんだよ」

棗くんが私の隣に座って、手もとをのぞきこむようにしてアドバイスをくれる。

その距離が近すぎる。

胸のドキドキが邪魔をして、息苦しい。

全然、棗くんの話が頭に入ってこない！

「美羽、聞いて……って、顔赤い」

私の顔をのぞきこんだ棗くんは、なんだかうれしそうにニコニコしだす。

「うっ……そ、それは……っ」

棗くん、絶対からかってるよ……。

ひどいな。

ドキドキしてるのは私だけ？

はずかしくて、顔をうつむける。

「ははっ、可愛いな本当に」

「わ！」

棗くんはギュッと私を抱きしめると、頬をすり寄せるようにした。

そして、私の耳もとに唇を寄せる。
「図書館では静かにね？」
　ドキンッと心臓が跳ねる。
「うぅっ……」
　ささやかれたとたん、心臓が止まりそうになった。
　もう、誰のせいだと……。
　文句を言おうとしたとき。
「この温もりを……手離すのはこたえるな」
「あ……」
　ふいにつぶやかれた弱音に、私は動きを止めた。
　……棗くんの悲しさが、私にも伝わってきたから。
　そばにいたくても、そばにいられない場所へと旅立たなきゃいけない運命。
　棗くんの悲しみと恐怖は、あまりにも大きい。
　私を抱きしめる棗くんの背中に、そっと手を回す。
　どうか、その不安が少しでも軽くなりますように。
「そばにいればいるほど……美羽を好きになってく……。そのたびに、苦しくて……っ」
　涙まじりの声で紡がれるのは、私への想い。
　私が抱いているものとまったく同じで、胸がキュッと締めつけられる。
「棗くん……私も同じだよっ」
　重ねる時間が、触れる瞬間が多くなるほどに感じる。
　止まらない好きという気持ちと、同じ分だけの失う恐怖。
「それでも……離れるなんてできないんだ……。一度この

温もりを知ったら……もう二度と」
「うん……それでいいんだよ、棗くん」
　そう、これは知ったら最後……。
　引き返せないほどの恋なのだと、思い知る。
「美羽、こっちに来て」
「うん」
　棗くんが私の手を引いて、図書館の勉強スペースから離れる。
　誰もいない、歴史書の棚の奥。
　そこまで歩いていくと、私たちは見つめ合った。
「美羽……っ」
　切なく私の名前を呼ぶ唇が、私のそれに重なる。
　もう何度、この温もりに触れただろう。
　私を求めてくれることが、すごくうれしい。
　だけど、その分不安にもなる。
　いつか、二度と彼に触れられなくなったら……。
　私は生きていけるのかな。
「好きだ……好きだよ、美羽……っ」
　棗くんは、泣いていた。
　震える唇は、どちらのものなのかわからない。
「棗くんっ……ふっ…うっ」
　だって、私も同じように泣いていたから。
　きっと、この人がいなくなったら生きていけない。
　廃人みたいになって、壊れてしまう。
はいじん
　それなら……。

いっそ、私の心も魂（たましい）もすべて、棗くんに奪ってほしい。
「好き……棗くんっ」
「うん……っ、うれしい、美羽っ」
　壊れてもいいから、すべて奪い去って。
　悲しいと感じることがないように、私も一緒に連れてって……。
　この世界に、ひとりで置いていかないで……っ。
　そんな儚い願いを込めて、今度は自分から棗くんに口づけたのだった。

　それから3日後。
　小テストを終えた翌日のこと。
　棗くんは痛みに耐えきれず、学校を休むことになった。
　無理がたたったのかもしれない。
　いつもの痛み止めでは効かず、別の強い薬を使うほど。
　今日は終業式だったけど、付きそっていたくて私も一緒に休むことにした。
「すぅ……すう……」
　痛みにうめいていた棗くんは、薬でようやく落ちついたのか、眠りについた。
「棗、寝たのね」
「はい……」
　隣にいるのは、棗くんのお母さん。
　お父さんは仕事以外のときに、妹の杏ちゃんも小学校が終わったあとに毎日、棗くんの様子を見にきてくれている。

「美羽さん、棗の面倒を見てくれてありがとう」
「あ、いえ……。私が望んだことなので……」

 私に声をかけてくれたのは、棗くんのお父さんだ。

 サラサラの黒髪に整った顔、スラッとした手足。

 スーツを着こなしているお父さんは、棗くんにそっくりだと思った。

 お父さんは今、日本に滞在しているらしい。

 都内の本社で仕事をさせてもらっているのだと聞いた。
「美羽お姉ちゃん、棗お兄ちゃんは……大丈夫だよね?」
「杏ちゃん……」

 不安げに見あげてくる杏ちゃんに、なんて言葉を返せばいいのか迷っていると……。
「効果があるかもわからないのに、治療を受けてなんて棗にお願いするのは、私たちのエゴだとは思うけど……」

 お母さんが、苦しげにつぶやく。

 そんなお母さんを、お父さんが抱きよせていた。
「少しでも長く生きてほしい……ものよねっ」
「清美……。でも、棗の望んだことだ。俺たちは応援するって決めただろう」

 そんなお父さんの言葉に、お母さんはうなずいていた。

 棗くんが……。

 私と同じように歳をとって、おじいちゃん、おばあちゃんになるまで一緒にいられたなら……。

 こんな風に、ずっと寄りそって生きられたのかな。

 そんな叶わぬ未来を想像して、切なくなる。

「棗お兄ちゃん……」
「杏ちゃん……お兄ちゃん、早く目が覚めるといいね」
　当たりさわりのない答えしか返せずに、私は泣きだしそうになりながら棗くんを見つめた。
　棗くん……棗くんのこと、こんなに待ってる人がいるよ。
　だからね……いなくなったりしないでっ。
　お願い、私のそばにずっと……いて……っ。

　棗くんが目を覚ましたのは夕方頃だった。
「美羽……」
　目を開けると、手を伸ばして私を探す棗くん。
　私はあわてて駆けよって、その手を握った。
「棗くんっ、私はそばにいるよっ」
「あぁ……よかった……」
　心の底から安心したように笑う棗くんに、私の目から涙が零れる。
　それは、私の頬を伝って棗くんの顔に落ちた。
「棗お兄ちゃん！」
「よかった、心配したのよ！」
　杏ちゃんとお母さんも目に涙をためながら、棗くんが横になっているベッドにすがりつく。
「みんな、来てくれてたんだな」
「棗、目が覚めてよかった……がんばったな」
　お父さんは棗くんの頭をワシャワシャとなでる。
　泣いてはいないけど堪（こら）えているせいか、お父さんの声は

震えていた。
「もう子供じゃないんだよ、父さん」
「あぁ、そうだな。だから俺たちも、棗が望むことを応援するって決めたんだから」
「父さん……ありがとう」

 うれしそうに笑った棗くんは、視線を私へ戻す。

 そこでなにかを察したように、棗くんのお母さんは「今日はこれで帰るわね」と言って、杏ちゃんとお父さんとともに帰っていった。
「美羽……怖い思いをさせて、ごめんな」
「っ……うぅっ、よかった……っ」

 棗くんが、このまま目を覚まさなかったらと思うと。

 頭がおかしくなりそうだった。

 今までも、こうして棗くんが深く眠ることはあった。

 そのたびに、とてつもない不安に襲われる。

 何度経験しても慣れることはないんだ。
「美羽……もっとそばに来て」

 そう言って、棗くんは私を抱きよせる。

 棗くんの胸に頭をのせるようにして、一緒にベッドへ横になった。

 トクンッ、トクンッと棗くんの鼓動が聞こえてくる。

 ちゃんと、棗くんは生きてる。

 彼の心臓が動く音が、そう教えてくれていた。

 その事実が、私を心から安堵させてくれる。
「美羽は温かい……安心する」

「棗くん……」
　私と同じこと、考えてたんだ。
　もっと安心させてあげたいな。
　私はさらに棗くんに身を寄せた。
「できるだけ、普通の生活をしたいんだけど……。やっぱり薬を使うとだめだな」
　私を抱きしめたまま、棗くんはぽつりとつぶやく。
　その声が沈んでいるように聞こえて、私は彼の顔を見あげた。
「眠気が強いんでしょう？」
「うん、起きてられないんだ……」
　棗くんの弱々しい声に、私は不安になる。
　今にも消えそうなほど、棗くんは儚く見えた。
「でも、美羽のことを思い出すと意識がハッキリしてきて、起きなきゃって思う。美羽が俺をこの世界に繋ぎとめてくれてるんだ……」
「それなら、何度だって名前を呼ぶから」
「うん、ありがとう……美羽」
　何度だって、この世界に引きとめる。
　棗くんが私の前から、消えてしまわないように。
　そんな気持ちを込めて、棗くんの手を強く握った。
「美羽、一緒に寝てくれる？」
　不安げに尋ねてくる棗くん。
　私はがんばって口角をあげると、棗くんに笑いかけた。
「うんっ、そばにいるよ」

すると、棗くんはうれしそうに微笑んで涙を流す。
　私はその涙に手を伸ばして、優しく拭った。
　棗くんがいつもそうしてくれたように。
「棗くんはひとりじゃないからね。だから、どんなときも一緒にいよう」
「美羽……」
　辛いとき、悲しいとき、うれしいとき、楽しいとき。
　どんなときも、私が棗くんのそばにいる。
　きみが不安に震えているときは抱きしめて、泣いているときは涙を拭えるように。
　最期のそのときまで、きみのそばにいるからね。
　このとき、私はあらためて決心した。
　不安に揺れる棗くんのことを、私が支えよう。
　最期まで棗くんが棗くんらしくいられるように、強くなろう。
「だから、大丈夫だよ」
「っ……美羽、ありがとう……っ」
　いつか、棗くんが私に言ってくれた『大丈夫』。
　それを、棗くんにも返した。
　どうか、その苦しみが少しでも軽くなりますように。
　棗くん……今度は私が守るからね。
　そう誓うように、彼の涙の跡に唇を寄せた。

Chapter 5

Episode 13：生きる理由

【美羽side】
　始業式には参加できないまま、数日が経った。
　朝起きると気分が悪くて起きあがれず、そのまま眠ってしまうことが多かった棗くん。
　2日前に受診に付きそったとき、最近ご飯もあまり食べられていないのに体重だけが増えることを相談していた。
　検査すると、腹水がたまっているとのことだった。
「おはよ……う、美羽」
「棗くんっ、おはよう！」
　毎日、棗くんの目が覚めるたびに、本当にうれしい気持ちになる。
　棗くんに残された時間は、わずかだ。
　だから私は朝を迎えても、隣で目を閉じている棗くんを見るたびに、もう二度と目覚めないかもしれないと不安になる。
　だから、棗くんが『おはよう』と言ってくれる日は幸せでたまらなくなるんだ。
　不安と幸せが、隣合わせの毎日。
　それでも、棗くんを支えるって決めたから。
　残された時間に絶望するより、たくさんの幸せを棗くんとの生活の中で見つけようと思う。
　おはようが言えた。

ご飯を残さずに食べてくれた。
笑ってくれた。
そんな、どこにでもあるような小さな幸せを、全力で喜ぶようにしている。
「今日はね、さっぱりした豚しゃぶとキュウリの和え物を作ってみたんだよ」
「うん、おいしそうだなぁ。美羽のご飯を見ると、不思議とお腹が減るんだ」
うれしそうに笑う棗くんの笑顔。
それを目に焼きつけるように、じっと見つめる。
以前はこってりしたごちそうばかり作っていたけれど、最近は食欲の落ちた棗くんでも食べやすい料理に変えた。
気に入ってもらえると、いいんだけど……。
「棗くん、私につかまって！」
「うん、ありがとう」
棗くんの手を引いて、支えるようにテーブルの前へとやってくる。
今の棗くんは腹水や足のむくみが強く、歩くたびに息苦しさと足の痛みを伴う。
長い距離を歩くときは、車椅子で移動するようにお医者さんから言われてしまっていた。
「美羽、いただきます」
「はい、めしあがれ！」
明るい声で、棗くんにご飯をすすめる。
すると、棗くんはパクリと豚しゃぶを口に入れた。

「ん、おいしいな」
「よかった……。食べたいものがあったら、なんでもリクエストしてね」
「うん、考えておくよ」
　棗くん、今日は食欲あるみたい。
　前は残さず食べてくれていたご飯も、最近は吐き気が強くて食べられてなかったもんね。
　本当に、よかった……。
　ふたりでご飯を食べながら、幸せを感じていると。
「美羽、俺行きたいところがあるんだけど……」
　ふいに棗くんがそう言った。
「えっ、どこどこ？」
　私が箸を置いて身を乗りだすと、棗くんは笑う。
「うん、じつはね……」
　ウキウキした様子の棗くんが提案したのは……。

「わぁーっ、一面黄色いねっ」
「黄色いって……美羽らしい感想だな」
　棗くんの車椅子を押しながらやってきたのは、車で30分ほどの距離にあるヒマワリ畑だった。
　遠出になるので棗くんのお母さんに電話して相談したら、車で送ってくれたのだ。
　今、お母さんは車で待ってくれている。
「ヒマワリ見てるとさ、元気になるんだ」
　そう言って私を見あげる棗くんの鼻には、透明(とうめい)なチュー

ブがついている。
　これは、車椅子に乗せている酸素ボンベからの酸素が通る管。
　棗くんはお腹にたまった水のせいで、呼吸がしづらいらしい。
　なので、外出するときはこれをつけるようにお医者さんから指示されているのだ。
「太陽を見あげる花なんて、なんか美羽みたいだろ？」
「え、そうかな？」
　棗くんはまぶしそうに、ヒマワリ畑を見渡す。
　その顔が、とても儚くて……。
　棗くんは降り注ぐ太陽の光にすら、溶けて消えてしまいそうだった。
　私は、棗くんの横顔を目に焼きつける。
　この一瞬が、私の記憶から消えないように。
　きみと過ごした時間は、幻なんかじゃなかったと言えるように。
「ひたむきで、辛くてもいつも笑顔で、前を向こうとする。美羽にぴったりの花だ」
「棗くん……」
　そんな風に、私のことを思ってくれてたんだ……。
「ここの風景、テレビのCMで見て、いつか美羽と来たいなって思ってたんだ。だから、夢が叶ってうれしい」
　風に揺れるひまわりを見つめながら、棗くんが微笑む。
　それに、胸がいっぱいになった。

私たちの間で語られる夢は、他の誰かにとってはちっぽけなものかもしれない。
　でも、私たちにとっては……。
　そのちっぽけな夢すら、叶えば奇跡なんだ。
「私も、棗くんと見られてうれしい」
　きみと見たこの景色を、一生忘れない。
　全部私の中に、"きみの生きた証"として残すんだ。
「美羽、俺は……美羽のためになにかできてる？」
「え？」
　棗くんの言葉に、私は首を傾げた。
　どうして、そんなことを突然言うんだろう。
　不思議に思った私は、車椅子の前に回り、棗くんと視線を合わせるようにしゃがみこむ。
「俺は美羽に守られてばかりだ。俺もなにかしてあげたいんだけど……」
「棗くん……」
「体がうまく動かなくて、情けないよな……」
　悲しげに笑う棗くんに、胸が痛む。
　そんな風に、思ってくれてたんだ。
　私も、少し前まで棗くんになにもしてあげられないことを悩んでいた。
　そのときの私と今の棗くんは、同じなのかもしれない。
　あのときは、棗くんの言葉に心救われたんだよね。
　だから今度は、私がきみに返す番だ。
「バカだなぁ、棗くんは」

「え……?」
　私は、あのときの棗くんの言葉を真似る。
　思い出して……。
　棗くんが私に教えてくれたことを。
「私がどれだけ棗くんを好きか、わかってない」
「美羽……それって……」
　棗くんは気づいたみたいだ。
　驚いている様子の彼に、私は笑ってみせた。
「棗くんが私のために、なにかをしようとしてくれるのはうれしい。でも私は、棗くんがいてくれるなら、ただそれだけでうれしいんだよ」
　少しでも長く、私のそばにいてくれるだけでいい。
　それが、どんなに幸せなことか……きみはわかってない。
「っ……本当に、美羽には敵わないな……」
「私のそばで、笑っていてくれてありがとう。私を好きになってくれて、ありがとう」
　泣き笑いを浮かべる棗くんの前髪を持ちあげて、私はそっと額に唇を押しつけた。
「美羽が、俺の生きる希望だ」
　お父さんと和解するまで、誰にも必要とされていないと思っていた。でもきみは、ずっとずっと私が必要だと言ってくれてたね。
　そのたびに、空っぽだった私の心は満たされていくの。
　今も、きみの言葉がたまらなくうれしくて。
　うれしいなんて、簡素な言葉でしか表現できないことが

もどかしいくらい。
　好きと、ありがとうと、うれしいが混じり合って、私を幸せな気持ちにするんだ。
「棗くん……あのね。私にとっても棗くんは、生きる希望だよ」
　車椅子に座る棗くんの手を両手で握る。
　ずいぶん浮腫んでしまったその手も、私にとっては変わらず優しい、大好きな人の手だ。
「お父さんのことでボロボロになってたとき、私は誰にも必要とされない、世界でひとりぼっちの無意味な存在なんだって思ってた」
「美羽……」
「でもね、棗くんが私を見つけてくれたの」
　あの、月が綺麗な夜。
　誰にも見向きもされなかった私に、きみだけは手を差しのべてくれた。
　絶対に忘れない。
　永遠に続く宵闇のような絶望の中から、私を救いだしてくれたきみのこと。
「棗くんが……私は私のままでいいって言ってくれて、うれしかった。それから、誰かを想う気持ちを教えてくれた」
　人を好きになるということ、こんなにも誰かを愛おしいと思うこともすべて。
　私は棗くんに出会わなければ、一生知らなかったかもしれない。

「棗くんは、私にたくさんの幸せをくれてる。だから、棗くんは私のそばにいてくれれば、それでいいんだ」
「美羽……俺、もう泣きそうだ」
　そう言って、車椅子から身を乗りだした棗くんが、腕を伸ばして私を抱きしめる。
「泣いてもいいんだよ」
　これも、棗くんが私に言ってくれた言葉。
　辛いときは、その気持ちを笑顔の裏に隠さず、頼ること。
　私の強がりの鎧を、棗くんが取りはらってくれた。
「ん、ありがとな……美羽。どんな姿を見られても、美羽にならいいやって思える。だって美羽は……」
「うん、棗くんのどんな姿も大好きだから」
　きみが泣こうと、たとえ怪物のような姿になろうと、かまわない。
　大事なのは、須々木棗という人間の心だから。
　だから私は、棗くんの言葉の続きを先回りして言った。
　きみと同じ気持ちなんだよって、知ってほしかったから。
　棗くんは咲き誇るヒマワリの花のように、ふわりとまぶしい笑顔を浮かべて、私の頬に手を添える。
　そして、互いに引きよせられるように唇を重ねた。
　そよそよと吹く風の中、私は棗くんの温もりに集中する。
「大好きだよ、美羽」
「私も……」
　大好き、そう答えようとした瞬間……。
「うぐっ……うぅっ」

棗くんが、お腹を押さえて苦しみだした。
「棗くん!?」
　私はあわててカバンの中の薬を探す。
　痛み止めを手に取ると、ペットボトルの水で棗くんに飲ませた。
「ゲホッ、ゲホッ……うぅっ」
「棗くんっ、棗くん！」
　痛みは引くどころか、強くなっていってるみたいだった。
　どうしよう！
　そうだ、救急車を呼ばないとっ。
　私はあわててスマホを取りだし、震える指で何度も番号を押しまちがえながら救急車を呼ぶ。
　そしてすぐに、足をもつれさせながら車まで走ると、お母さんを呼んだ。
「棗っ！」
　叫びながら棗くんに駆けよるお母さんのうしろを追いかける。
「うあっ……くっ」
　苦しげにうめく棗くんは、車椅子から落ちてしまった。
　それを受けとめようとして、私は尻もちをつく。
「棗くんっ、すぐに救急車来るからねっ」
「ふぅ……ぐっ」
　棗くんは答える余裕がないのか、ただうめいている。
　怖い……。
　怖いよ、棗くんっ。

逝かないで……私を置いていかないで。

お願いだから……。

私はその体を強く抱きしめた。
「み……うっ……」
「ここにいるからっ、棗くんっ」

さまよう彼の手を、すぐに握りしめた。

そして、何度も神様に願う。
「棗くんを、連れていかないでっ」

大切な人を奪われないようにと、棗くんの体を腕の中に閉じこめる。

近づいてくるピーポー、ピーポーというサイレンの音を聞きながら。

私はひたすらに、逝かないでと願ったのだった。

棗くんは救急車で運ばれて、ICUと呼ばれる集中治療室に入ったあと、容体が落ちついたのを見計らい、個室の病室へ移された。

駆けつけた棗くんのお父さんと杏ちゃんに、私は深々と頭をさげる。
「すみません、私が外に連れだしたから……っ」

あんな状態で、無理をさせたのかもしれない。

本当に、申しわけないことをしてしまった。

頭をあげられずにいると、ポンッと肩に手を置かれる。

顔をあげれば、そこにはお父さんの笑みがあった。
「顔をあげて。むしろ、俺たちは美羽さんに感謝してるんだ。

辛いだろうに……あの子のそばに、いてくれるんだから」
「お父さん……っ」
「本当に、美羽さんにお嫁さんに来てほしかったよ」
　悲しげに微笑む棗くんのお父さん。
　その声は震えていた。
　ここにいる誰もが、棗くんに生きていてほしいと強く願っているんだ。
　だからね、棗くん……。
　勝手にいなくなったりしちゃ、だめなんだよ。
　ずっと……そばで生きつづけてっ。
「今から、お医者さんの話があるの。美羽さんも私たちと一緒に聞いてくれない？」
「いいんですか？」
　お母さんの提案に、お父さんもうなずく。
　そして、杏ちゃんは私の手を握った。
「美羽お姉ちゃん、一緒にいて」
「杏ちゃん……うん」
　その小さな手を握り返せば、緊張していた杏ちゃんの表情が安心したようにほぐれる。
「それじゃあ、行こうか」
　お父さんの一言を合図に、私たちはお医者さんの元へと向かった。

　私たちは、"応接室"と書かれた場所に案内された。
　そこには、医師や看護師の姿がある。

「ご本人も望んでいたように、これからは治療というよりは、緩和を主体にしたケアになっていくと思われます」
「はい……あの、息子はあとどれくらい……」
　切りだしたお父さんの言葉に、みんなが息をのんだ。
　聞くのが怖い。
　だけど……。
　知らなければきっと後悔するから、その場に留まることを決めた。
「腹水に血が混じっていました。癌の破裂が原因でしょう。今は薬で眠っていますが、棗くんに残された時間は……おそらく２、３日です」
　ドクンッと、心臓が嫌な音を立てる。
　……え？
　先生は、今なんて言ったの？
　２、３日なんて、そんな……。
　……嘘でしょう？
　そんなすぐに、棗くんがいなくなっちゃうなんて……。
「そんな……あなたっ」
「清美……くっ……どうして、うちの息子なんだっ」
　お父さんがお母さんを抱きよせながら、悲痛の声を漏らした。
　そんな両親の服の裾をつかんで、杏ちゃんもブワッと大粒の涙を流す。
「お兄ちゃんっ……いなくなっちゃうっ……ううっ」
「杏ちゃん……そんな、棗くん……」

覚悟をしていたつもりだけど、やっぱり耐えられない。
　こんな心の痛みに、耐えられるはずがないよ……っ。
「モルヒネの点滴で、痛みを取りのぞくことができます。ただし、副作用が強いので眠ることも多くなるでしょう」
　ただでさえ残された時間が少ないのに、眠ることが多いだなんて……そんなの嫌。
　まだまだ話したいことが、たくさんあるのに。
「ご本人の意志を尊重しつつ、対応していきます。皆さんも、心づもりはしていてください」
　お医者さんの話は、私たちの心に真っ暗な影を残して終わった。

　病室に戻ってくると、私は薬で眠る棗くんのそばへと歩みよる。
　棗くんの家族は、３人で入院の準備をするために一度家へと戻った。
　たぶんだけど、私と棗くんがふたりきりになれる時間を作ってくれたんだと思う。
　お父さんかお母さんのどちらかが、病室に残ることだって、できたはずだから。
　いちばんそばにいてあげたいはずなのに、その大事な時間を私にくれたこと。
　本当に、ありがとうございます。
　私は心の中でお礼をして、ベッドサイドの丸椅子に座る。
　そして、棗くんの手を両手で包むように握りしめた。

「棗くん……どうして、棗くんだったのかな……」
　私はお母さんだけでなく、きみまで失うんだ。
　どうしてなの。
　なんで私の大事な人たちは、みんないなくなっちゃうんだろう。
　きみに残された時間は、あまりにも少ない。
　苦しんでいる棗くんに、私はなにができる？
　そばにいることはできても、こうして言葉が交わせないのなら……。
　私がいる意味ないんじゃないかって、不安になる。
「本当に……ごめんね、弱虫で……っ」
　ポタリと、涙が頬を伝って落ちた。
　棗くんが教えてくれたのにね。
　ただそばにいてくれるだけでいいって。
　でもね、なにもできずに大切な人に旅立たれることが、きみの心になにも残せないことが、たまらなく怖いんだ。
「棗くん……っ……逝かないでっ」
　こんなことを言っても、棗くんを苦しめるだけだってわかってる。
　だけど、我慢できなかった。
　吐きださなきゃ、どうにかなりそうだった。
「ずっと、そばにいてよっ」
　なんでもあげる。
　私にあげられるものなら、すべて。
　だから、棗くんだけは連れていかないでっ。

「うぅっ……ふっう……ぅ……」
「……ごめんね、美羽……」
　身を屈めて泣いていると、棗くんが私の名前を呼んだ。
　聞きまちがいじゃないよね？
　棗くん、目が覚めたの？
　驚いて棗くんの顔を見れば、弱々しく笑って頭をなでてくる。
「っ、はぁ……。辛い思いばかり……美羽にさせてるな」
　痛みをこらえるように歪んでいた顔は、すぐに笑いに変わった。
　だけど呼吸も荒いし、汗も尋常じゃない。
　あきらかに無理をしている。
　弱っていく棗くんの姿に、心臓がかきむしられるように痛んだ。
「っ……ごめんねっ。こんなこと、言うつもりじゃ……」
　なのに私、なんでっ……。
　棗くんが気にするってわかってて、どうして口にしてしまったんだろう。
　一度でも言葉にしてしまえば、目をそらしてきた悲しみがおさえきれなくなる。
　それもわかってたのに。
　本当は、辛くてたまらない。
　希望を捨てたくないと、泣き叫んでしまいそうだった。
「いいんだ……美羽。辛いって気持ちも……ちゃんと吐きだして。俺は……どんな想いも……受けとめる」

「あっ……うぅっ……ごめんねっ」
　棗くんは、私よりずっと強い。
　いちばん辛いのは、棗くんのはずなのに……。
　きみはまだ、誰かのために笑おうとする。
　私の頭をなでる棗くんの手をつかんで、頬を寄せた。
　そんな私を、棗くんは優しい眼差しで見つめる。
「美羽、俺は美羽がいなかったら……とっくに死んでたと思う」
「え……？」
　棗くんは私を見つめたまま、そう言った。
「薬が完全に効かなくなって、もう治療できないってわかったとき、まっ先に頭に浮かんだのは、美羽のことだった」
「私のこと？」
「うん……。美羽に恩返しできてないなぁ……って。再会してからも、この子のために生きたいって思ってた」
　……棗くんは、そんなことを考えてくれてたんだ。
　出会ったときから、死の恐怖に襲われながらも、私を救おうとしてくれた。
　優しくて強い……私の大好きな人。
「美羽の存在が……俺の、生きる理由になってた」
　私の存在がきみをこの世界に繋ぎとめていたのなら、うれしい。
　私にとっても同じなんだよ。
　棗くんはもう、私にとってなくてはならない存在。
　私にとってもきみは、生きる理由になっていた。

「きみは、俺の天使なんだ」
「天使……？」
　意味を尋ねようと聞き返すと、棗くんは私の手を引いた。バランスを崩した私は、そのまま棗くんの胸に引きよせられる。
「本当の俺を見つけてくれて、ありがとう」
「え……本当の、棗くん……？」
　抱きよせられながら、私は至近距離で棗くんの顔を問うように見あげる。
「本当は俺、死ぬのも怖かったし……っ、ひとりでいるのは寂しかったんだ。でも美羽は、無理するなって……言ってくれた。俺の強がりを、っはぁ……壊してくれたんだ」
「棗くん……。それは、私も同じだよ。棗くんが私の孤独を埋めてくれた」
　私たち、きっと出会う運命だったんだね。
　お互いの孤独を埋めたり、時には支え合って心を通わせたり……。
　お互いが必要な存在だった。
「俺ね、美羽と出会えたからっ……この病気に少しだけ、感謝してるんだ」
「棗くん……でも、その病気のせいでっ」
　棗くんは、私の前からいなくなっちゃうんでしょう？
　それなら、私は……っ。
　棗くんの病気に感謝なんて、できないよ。
「……っ、この病気のおかげで、俺は美羽に出会えたんだ。

それに、神様は俺に贈り物もくれた」
「贈り物?」
　コクリとうなずく棗くんに、首を傾げる。
　棗くんは愛しそうに、私の頬の輪郭をなでた。
　まるで、その存在を確かめるかのように。
「ひとりで……孤独に死ぬことが怖かった俺に、神様はきみという天使を連れてきて、最後に誰かを愛する心をくれた……」
「あっ……」
　その一言に、私は目を見開く。
　おさまりきらない涙が、目尻からポロポロと流れた。
　だって、棗くんは……こんなにも私を愛してくれてる。
　病気に感謝してしまうほどの、私への強い想いを感じた。
「美羽と過ごした時間のすべてが……俺の宝物だ」
「っふ……ううっ」
　私にとっても、棗くんと過ごした時間が、日々が宝物。
　私は棗くんの言う"天使"とは、程遠い存在だと思うけど、でも……。
「きみが望むなら、私はっ……棗くんだけの天使になるよ」
「うれしい……俺の天使になってくれるんだ……?」
　私の頬に触れていた棗くんが、ねだるように私の唇を指で押す。
　私はゆっくりとまぶたを閉じて、棗くんにキスを落とす。
　唇を重ねたまま、流れる涙も拭わずに、そのまま触れつづけた。

あのね、棗くん……。
私ね、一緒に見たヒマワリみたいに上を向く。
きみが元気になれるように、笑顔を絶やさない。
寂しいときは棗くんのこと、抱きしめてあげる。
孤独になんて、させないから……。
残された時間、私は棗くんを幸せにする天使でいるんだ。

Episode 14:「また会おうね」

【美羽side】

 棗くんが入院して、3日が経とうとしていた。

 私は今、自分の家に帰ってお父さんと暮らしている。

 棗くんは2、3日の命と言われていたけれど、今日を過ぎれば、あとはどこまで生きられるのか未知の領域だ。

 あれから私は、毎日欠かすことなく棗くんの病室へ通っている。

 棗くんは我慢できない痛みの頻度が増えて、モルヒネを使う間隔が増えたからか、眠っていることの方が多かった。

「美羽お姉ちゃん、お兄ちゃんにヒマワリ持ってくの?」

 私は棗くんに会いたいという杏ちゃんと一緒に、病院へと向かっていた。

 私がどうして杏ちゃんといるかというと、1時間前に来た棗くんからのメールがきっかけだ。

 病院は退屈らしく、暇つぶしに実家にある本を取ってきてほしいとお願いされた私は、須々木家にお邪魔した。

 お見舞いには棗くんのお父さんとお母さんも行くはずだったんだけど、予定があって出発はまだ先になるらしい。

 それを待ちきれない杏ちゃんが、私についてきたのだ。

「ヒマワリはね、杏ちゃんのお兄ちゃんと見た、思い出の花なんだ」

「へぇー!」

杏ちゃんとは病院で会うたびによく話していたからか、今ではすっかり懐かれている。
　お姉ちゃんと慕（した）ってくれるのが、私もうれしかった。
「お兄ちゃんはね、杏の王子様なの」
「ふふっ、たしかに棗くん、学校でも王子って呼ばれてるもんなぁ」
　杏ちゃんの言葉に、学校での棗くんを思い出す。
　女の子たちから必死に逃げていた彼の姿を思い出して、ほんの少し前のことなのに懐かしくなった。
　すると、杏ちゃんはうれしそうに笑う。
「杏のお願いはなんでも叶えてくれるし、優しいんだ！」
「そっか、棗くんは杏ちゃんが大好きなんだね」
　どんなに離れて生活していても、絆は消えない。
　お父さんとぶつかっていた私に、棗くんは家族の絆の強さを教えてくれた。
　きっと、棗くん自身がその絆に助けられてきたから、そう言いきれたのだとわかる。
「でもね、美羽お姉ちゃんに譲ってもいいよ！　美羽お姉ちゃんは優しいから、お兄ちゃんのお姫様にしてあげる」
「杏ちゃん……うん、うれしい。ありがとうっ」
　その小さい体を抱きしめると、杏ちゃんは棗くんにそっくりの、花が咲くような笑顔を見せた。
「行こうか、杏ちゃん」
「うん！」
　大きくうなずいた杏ちゃんの小さな手を繋ぐと、10分ほ

ど歩いて、ようやく病院へたどり着いた。

「面会に来ました」
「美羽ちゃん、杏ちゃん、いらっしゃい」
　顔なじみになった看護師さんの笑顔に元気をもらいながら、私たちは病室へと向かう。
　歩いていると、バタバタと廊下を走る看護師さんの姿が目立った。
　なにかあったのかな……。
　なんとなく嫌な予感がして、病室へ向かう足取りが速くなる。
「急いで、須々木さんのご家族に連絡を！」
「須々木……？」
　聞こえてきたのは、棗くんの名字。
「嘘……嘘だよね？　棗くんっ」
　嫌な予感が確信に変わろうとしているようで、私はたまらず駆けだした。
　ドクドクと心臓が早鐘を打って、呼吸もまともにできないまま、ただ棗くんの無事だけを思った。
「美羽お姉ちゃん!!」
　私を呼ぶ杏ちゃんの声にも立ちどまれず、私はひたすらに棗くんの病室を目指す。

　到着すると、病室の扉を勢いよく開けはなった。
「棗くんっ!!」

するとそこには、大勢の看護師さんとお医者さんの姿がある。
　あわてて駆けよろうとすると、ひとりの看護師さんが私の肩をつかんで止めた。
「今は処置中なの、少し離れててね」
「でもっ、棗くんっ……棗くんは、どうなったんですか!?」
「それは……」
　看護師さんは言いよどむ。
　家族の許可がないかぎり、詳(くわ)しいことは話せないのかもしれない。
「棗くんっ！」
　答えを待つ時間が、目の前にいるのに駆けよれないことがもどかしくて、私は看護師さんの手を振りはらった。
　そのとき、病室に誰かが飛びこんできた。
「棗！」
「棗、棗は無事なのかっ？」
　棗くんのお父さんとお母さんだった。
　そのうしろには、杏ちゃんの姿もある。
　病院から連絡を受けて、急いできたのだろう。
「強い痛みが出ているため、モルヒネの量を増やして使う必要があります」
　お医者さんが、棗くんのお父さんとお母さんに諭すように告げる。
　その静かな物言いに、私は怖くなった。
　いったい、なにを言うつもりなんだろう。

聞きたくない……怖いっ。
「なら、それを使ってください！」
「お父さん……それを使えば、棗くんはこのまま眠るように亡くなるでしょう」
「そんな……」
　お父さんの言葉に、容赦ない一言が告げられる。
　嘘……このまま、棗くんが死んでしまう？
　そんなの……そんなの、絶対に嫌っ。
「ですが、このまま苦しんで亡くなるより、ずっと楽であることにはちがいありません」
「そんなっ……そんなの、選べるわけないわっ」
　その場に泣きくずれるお母さんに、杏ちゃんもすがりつくように泣いていた。
「うっ……ううっ、くっ」
「棗くん……っ」
　私は、苦しんでいる棗くんの姿を見つめる。
　すごく苦しそう。
　今、棗くんはとてつもない痛みに耐えているんだろう。
　代われるものなら、代わってあげたい。
　そして、どちらにせよ……。
　棗くんはもう、明日を迎えることはできないんだ。
「それならせめて……棗くんが苦しまないように……してあげたい」
　ポツリとつぶやくと、お父さんとお母さんは驚いたように私を見つめる。

「……棗くんには痛みもなにもない中で、安らかに眠ってほしい……っ。それが、たとえ……っ」
 そこまで言って、嗚咽が邪魔をする。
 涙も止まらない。
 大好きな人を見送る言葉って、声に出そうとするだけで、こんなに痛くて苦しいんだ。
 でも、棗くんをこれ以上、苦しめたくないから……。
「……二度と目覚めない眠りなのだとしてもっ、棗くんの痛みを取ってあげたいっ……。お父さん、お母さん、どうかお願いしますっ」
「美羽さん……」
 そんな私にお父さんは近づいて、背中をポンポンとなでてくれた。
「きみに言わせてしまうなんて……すまないことをした。そうだな、そうするべきだ」
 お父さんは、自分に言い聞かせるようにそう言った。
 私たちがどうしたいかよりも、大切にしなければいけないのは棗くんのことだ。
 それに賛同するように、お母さんもうなずく。
 差し出がましいことを言ってしまったと思う。
 だけど、ご両親も同じ気持ちでよかった。
「……親としてできる、最後のことだものねっ」
「あぁ……。お願いします、先生」
 お父さんは、苦しむ棗くんを見つめてそう告げた。
 その顔を見れば、わが子を想っての苦渋(くじゅう)の決断だったの

だとわかる。
　私だって辛い。
　だけど、棗くんが少しでも楽になれるなら、これでいい。
　きみが苦しんでいる姿を見る方が、耐えられないから。
「わかりました」
　お医者さんによって、大量のモルヒネが棗くんに投与される。
「うっ……父さん、母さん……？」
　しばらくして痛み止めが効いてきたのか、棗くんの意識がふいにハッキリとした。
　眠気が強いのか虚ろな瞳をしているけど、それは奇跡のような目覚めだった。
「ここにいるぞ、棗っ」
「棗っ!!　お母さんよ、わかる？」
　お父さんとお母さんが、棗くんの手を握った。
　すると、棗くんが弱々しく微笑む。
「……あり、がと……う……。俺、生まれてきて……幸せだった……。生んで……くれて、ありがとう……」
　それは、自分の死を悟ったような……一言だった。
「バカだなぁっ、それは父さんたちのセリフだ」
「そうよ、遠くにいても、あなたは私たちの宝だわっ」
　それを聞いた棗くんは、静かに涙を流した。
　そして、今度は杏ちゃんへと視線を向ける。
「杏……お兄ちゃんよりカッコいい……王子様、見つけるんだよ……？」

「ううっ……お兄ちゃんっ、ううっ」
「ちゃんと……見守ってるから……杏のこと……」
　そう言って棗くんは、大切な妹に笑いかけた。
「お兄ちゃん……ちゃんと見守っててね」
「うん……約束、する」
　そして最後に、棗くんの視線がゆっくりと私の顔へと向けられる。
「美羽……っ」
「ふっ……棗くんっ……」
　私は名前を呼ばれたのに、その場から動けない。
　これが、いつか来るとわかっていた別れのときなんだ。
　そう思ったら、怖くて信じられなくて。
　足が震えて、地面に縫いつけられてしまったみたいに、踏みだすことができなかった。
　立ちつくす私に、棗くんはゆっくりと両手を広げた。
「おい、で……美羽……」
「ううっ……棗くんっ！」
　私はたまらず棗くんに駆けよると、その胸に飛びこんだ。
「……好き……だ……美羽……っ」
「ううっ……私もっ……私もだよっ」
　逝かないでっ、そばにいて！！
　私を好きなら、手離さないでっ。
　喉まで出かかった言葉は、声にはならない。
　ちゃんと、見送らなきゃいけない。
　棗くんがうしろ髪を引かれないように。

安心して天国に行けるように。
「あぁ……幸せ……だな……っ」
そう言った棗くんは、泣きながら微笑んでいる。
「先に逝かれる辛さ……美羽がいちばんわかってる……のに、ごめんな……っ」
お母さんのことを言ってるんだろう。棗くんの私をいたわる気持ちが、ひしひしと伝わってきた。
「こんなときまでっ……私の心配しなくていいのにっ」
「するに……決まってる……っ。だって……美羽は、俺の大切な……女の子だ、からっ」
涙で歪んで、棗くんの顔がうまく見えない。
それが嫌で、何度も涙を手の甲で拭った。
そんな私の頬に、棗くんの手が添えられる。
「俺の……っ、俺だけの……天使……」
棗くんは地平線に沈む夕日のように、消え入りそうな微笑みを浮かべた。
そして、私の涙を指で拭うと、唇を動かす。
「最期の……お願い……っ」
「棗くん……っ、うん、なんでも叶えるよっ」
どんなにむちゃくちゃなお願いも、棗くんのためなら全力で叶えてあげる。
「だって私は……棗くんの天使だもんねっ」
泣き笑いを浮かべると、棗くんもうれしそうな顔をした。
「美羽に……キスがしたい……」
あぁ、そんなの……何度でもあげる。

棗くんが、もういらないって飽きるほどに。
「棗くんっ……好きだよっ……」
　そう言って、唇を寄せる。
「……ありがとう。好きだよ……美羽だけを、ずっと……」
　重なる瞬間に紡がれた、棗くんの言葉。
　それを聞きながら、私は嗚咽を閉じこめるように棗くんにキスをする。
　温かい……。
　きみは、ちゃんと生きてる。
　この温もりから離れたくない。
　ずっとそばにいたい。
　好きよりも、もっと強い……私はきみを愛してる。
　感じる体温を惜しむように、ゆっくりと唇を離す。
　そして、その顔をもう一度見つめると……。
「棗……くん……？」
　棗くんは、穏やかな表情で眠っていた。
　その瞬間、棗くんが長い眠りについたことを悟る。
「あぁっ……棗くんっ、棗くんっ……」
　震える指で、棗くんの顔の輪郭をなぞった。
　私の顎を伝ってポタポタと流れる涙は、棗くんの頬を濡らす。
「私もねっ……ずっと棗くんだけがっ……好き……よっ」
　最後は掠れて声にならない。
　棗くんに、この言葉を聞いてほしかったな……っ。
「っ……穏やかな顔をしてるのね」

私の隣に、涙を流しながらお母さんが立つ。
　一緒に、微笑んだまま眠る棗くんの顔を見つめた。
「はい……っ、本当に、綺麗な顔……」
　あんなに苦しんでいたのが、嘘みたい。
　ただ眠っているだけのようにも見える。
　棗くんが見た最後の景色は、どんなだったのだろう。
　この世でいちばん美しいものでも見つめていたかのような、満足そうな顔だった。
「棗くん……また会おうねっ……」
　短い間だったけど、きみに会えてよかった。
　恋をして、好きよりも深い、人を愛する気持ちを知った。
　私の中に、棗くんは息づいてる。
　離れててもずっと一緒だよ。
　だから、さよならは言わない。
　私はきみより遠回りをして、天国に行くんだと思う。
　そこで、もう一度きみと再会するんだ。
　願いを込めて、私は棗くんの額にキスを落とす。
　――ピィー……。
　そして、棗くんが眠りについた10分後、棗くんの心臓は静かに鼓動を止めたのだった。

Episode 15：傷だらけの天使へ最愛のキスを

 棗くんがこの世を去って、1週間が経った。

 お通夜もお葬式（そうしき）も終わったのに、棗くんがいなくなってしまったという実感が湧かない。

 ただ時間だけが流れていく。

「美羽……ご飯は食べられるか？」

 お父さんは私を心配して、慣れない料理を作ったり、家事をしたりしてくれていた。

 少し前のお父さんからは信じられない。

 こんな風に私とお父さんの関係が変わったのも、棗くんが繋いでくれた絆のおかげだ。

 そんなお父さんに、私はポツリとつぶやく。

「お父さん……お母さんが死んだとき、お父さんはどうやって……立ちなおったの……？」

「美羽……」

 お父さんには、棗くんが亡くなったことをすぐに伝えた。

 すると、『美羽の未来の旦那（だんな）になるかもって、楽しみにしてたんだけどな』と言って悲しんでいた。

 お通夜もお葬式も一緒に参加してくれて、泣くことすらできなかった私を、ただ抱きしめてくれた。

「私……どうやったらこの気持ちを整理できるのか……わからないっ」

 顔を両手で覆（おお）って、必死に喪失感に耐えようとする。

それでも、棗くんのことを思い出すたび、胸が引きさかれそうになるんだっ。
　だって、ふとした瞬間に棗くんを思い出す。
　朝、目が覚めたら、まっ先に棗くんの姿を探したり、お弁当、夕食もひとり分余計に作ってしまうこともあった。
　私の生活の中に、棗くんという存在が強く根付いている。
　それは、幸せな記憶のはずなのに……。
　こんなにも悲しい。
「お父さんは……逃げることしかできなかったんだよ」
　ダイニングテーブルの椅子に座る私の隣に腰かけながら、お父さんはそう言った。
「お父さん……」
「整理なんて、ずっとつかない。でも、美羽にもお父さんにも、母さんの思い出が残ってただろう？」
「うん……」
「美羽が思い出させてくれたんだ。母さんは心の中にいて、これからも一緒に生きていくんだってこと」
　お母さん……。
　そう、お母さんは私の中にいる。
　悲しいときは、幸せな思い出がそれを癒やしてくれた。
「棗くんとの思い出も……そうなるのかな……っ」
「長い時間が、かかるとは思うけどな。でも棗くんは、お前に泣かれると、安心して天国に行けないんじゃないか？」
「それは……」
　そうかもしれない。

棗くんは、優しくて心配性なところがあるから。
　でも私……何年経っても、きみを幸せな思い出として語れるほど、強くはなれないよ。
「急がなくていいから……。美羽、少し気晴らしでもしてきたらどうだ？」
「でも、そんな気分じゃ……」
「そんなときこそ、外に出ないとだめなんだよ。気分転換に、少し散歩でもしてきなさい」
　お父さんはやけに強引に、私を外へ出そうとする。
　背中を押されて玄関までやってくると、にこやかな笑顔で見送られた。
　お父さん、変なの。
　謎の行動に疑問を抱きながらも、私は家を出た。

＊＊＊

　外へ出ると、憎らしいほどの晴天が広がっていた。
　なのに私の心は分厚い雲に覆われ、今にも雨が降りだしそう。
　天気とは相反していた。
「外に出るって言っても、どこに行けば……」
「美羽！」
　家の前で立ちつくしていると、突然声をかけられる。
　声の聞こえた方へ視線を向ければ、そこにはジーパンのポケットに手を突っこんで立つ、真琴ちゃんがいた。

「真琴ちゃん……」
「よう、美羽。今時間、大丈夫か？」
　真琴ちゃん、どうしてここにいるんだろう。
　でも今は、誰かと話せる状況じゃない。
「私、今は……」
「親父さんにも協力してもらって、美羽に家から出てきてもらったんだ」
「……え？」
　お父さんにも協力って……。
　だからあんな強引に、お父さんは私を外に出そうとしてたの？
「どうしても、連れていきたい場所があるからな」
「…………」
　本当は、あんまり気乗りしないけど……。
　でも、せっかく来てもらったんだし……。
　そう思って、とまどいながらも私はうなずいた。
「じゃあ、行こうか」
「真琴ちゃん、どこに行くの……？」
「ん、行けばわかる」
　真琴ちゃんが私の手をつかんで、歩きだす。
　それに引っぱられるようにして、私たちは歩きだした。

「え……ここ……」
　真琴ちゃんに連れてこられたのは、真琴ちゃんが知るはずのない、棗くんのマンションだった。

「どうして……」
　隣に立つ親友の顔を驚いたように見つめれば、彼女は肩をすくめる。
「じつは、美羽が棗先輩の病気のことを話してくれた日よりずっと前にさ……。棗先輩がうちに会いにきたんだよ」
「……え？」
　真琴ちゃんに……どうして？
　棗くんは、そんなこと一言も話してくれなかった。
「ほら、これ」
　真琴ちゃんから渡されたのは、棗くんのマンションの鍵。
　棗くんが亡くなってから、部屋には一度も行っていない。
「自分がいなくなったら、美羽に渡してほしいって。渡されたときは、その意味がわからなかったんだけど、美羽から棗先輩の病気のことを聞いたとき、"いなくなったら"の意味がわかった」
　それって、自分が死んだらってことだよね。
　棗くんは、なんで鍵を真琴ちゃんに託したんだろう。
「美羽に伝えたいことが、あるんだってさ」
「棗くんの……伝えたいこと？」
　渡された鍵をギュッと握る。
　棗くんが私に伝えたかったことって、なんだろう。
　きみが残してくれたものがある。
　それを知って、沈んでいた気分が少しだけ浮上した。
「行くのか？」
「……うん、大好きな人の残してくれた言葉だから」

真琴ちゃんに、迷わずそう答える。

棗くんが亡くなってから、毎日がどうでもよかった。

朝が来ようが、明日が来ようが。

私にとって大切だったのは、彼が隣にいる朝、明日だったから。

だからずっと、きみがいない日々は心が虚しかった。

でも今日初めて、自分の意志を強く主張した気がする。

「……うちはここで待ってるから、がんばってこいよ」

そう言って、私の背中をバシッとたたく真琴ちゃんに、私はよろけながらも笑顔で振り返る。

「うん、ありがとう……っ」

ひとりじゃないよって、言われているみたいで泣きそうになった。

私は親友に背中を押されて、棗くんのマンションへと足を踏みだす。

棗くんの、最期の言葉を知るために……。

――ガチャッ、キィィ。

棗くんの家に帰ってきたのは、いつぶりだろう。

棗くんが入院してからは、この部屋には帰っていなかったから……。

懐かしく思いながらも、私は棗くんと過ごしたワンルームの部屋を見渡す。

ふたりで座って映画を見たソファも、ご飯を食べた低いテーブルも、そのまま。

なにひとつ、変わっていなかった。
「棗くん……」
　キッチンを見れば、棗くんの黒いお粥を思い出す。
　私が風邪を引いたとき、一生懸命作ってくれたんだよね。
「あんな料理、棗くんにしか作れないよ……」
　私は、あの日のことを思い出して自然と笑う。
「あのベッドも……いつの間にか、棗くんと寝るのが当たり前になってたな……」
　初めははずかしかったのに、そばにいないと不安になるほど、棗くんがいなきゃ眠れなくなってる自分がいた。
　じつは今も、寝つけなかったりする。
「っ……私、こんなにも棗くんがいないと……生きていけなくなってるんだっ……」
　視界が涙で滲（にじ）んで、私は唇を噛む。
　そしてベッドから視線をそらすと、テーブルの上にヒマワリが生けられた花瓶が置かれていることに気づいた。
「あれは……」
　ヒマワリが、どうしてこんなところに？
　私は引きよせられるように、テーブルに歩みよる。
「あ……」
　すると、花瓶のそばにメッセージカードが置かれていた。
　そこには、『傷だらけの天使へ、最愛のキスを』と書かれている。
「天使……」
　前に棗くんがヒマワリ畑で倒れて入院したとき。

棗くんに『きみは、俺の天使なんだ』って言われたことがある。
　この天使って、まさか私のこと？
　うん、そうにちがいない。
　カードを裏返すと、棗くんから私に宛てたメッセージが書かれていた。

『この命が終わるとき、俺はきみにキスをしよう。
　俺がいなくなったあと、傷つくだろう美羽の痛みが少しでも和らぐように。
　俺を愛してくれた天使が、どうか幸せでありますように。
　そんな願いを込めて、きみに最愛のキスを贈ります』

　そのメッセージカードには、たった５行の文字だけが残されていた。
　棗くんの字だ……。
　きみはこの世界から、姿を消してしまったけれど。
　こうして、文字としてきみの言葉は生きてる。
　そこに魂を宿したまま、私に語りかけてくれている。
　胸が熱くなった。
　ただひたすらに、きみの残してくれたものが愛しかった。
「棗くんが病院で亡くなる最期の瞬間に、キスをしたいって言ったのは……」
　棗くんが私のことを想ってした……。
　特別な意味のあるキスだったんだ。

このたった5行のメッセージは、私に驚きの真実を教えてくれた。
　本当に、人のことばっかり。
　でも、私のことを最期まで想ってくれてたんだ。
「それに、このヒマワリ……」
　棗くん、前に言っていた。
　ひまわりは、私にピッタリな花だって。
　あの日の棗くんがくれた言葉が、蘇ってくる。
「ひたむきに、辛くても……笑顔で前を向く」
　このヒマワリは、私に"ヒマワリのようであれ"と、伝えているような気がした。
「棗くんは……」
　棗くんは最初から、どんな終わりを迎えるのか、私になにを残すのか、決めていたのかもしれない。
「棗くんは……ずるいなぁっ」
　最期まで、私の心を奪って離さないんだから。
　でも……なんでだろう、私……。
「幸せだなぁっ」
　ポタポタと、メッセージカードの上に涙が落ちた。
　棗くんが誰より私を愛してくれていたこと。
　私……絶対に忘れない。
「棗くんが……私の幸せを望んでくれたから……っ」
　それなら、私は棗くんが喜んでくれるように、精いっぱい幸せになれる努力をする。
「きみに、約束する」

この、太陽を見あげるヒマワリのように。

　辛くてもひたむきに、笑顔で前を向いて生きていくから。

　それでもときどき、心が折れそうなときは……。

　その彼方で棗くんが見守ってくれてると信じて、空を仰ぐよ。

「誰よりも大好きなあなたに……誓います」

　私は、窓から見える青空にそう声をかけた。

　棗くんと過ごした時間、絶対に忘れない。

　きみがくれた想いは、命の灯が消える最後の1秒まで、私の中に息づいてる。

「……すべてが終わったら、棗くんに会いにいく。そのときは、棗くんが生きた世界がどんなに素敵な世界だったかを話してあげるね」

　この命をまっとうした遥か未来の話。

　私が死んだあと、それは天国での再会になるかもしれないけれど……。

　私たちはまた会える。

　きみを長い時間待たせてしまうと思う。

　だけど、絶対にもう一度会えるって信じてる。

　なんの接点もなかった私たちが再会して、たった数ヶ月でも命懸けの恋をした。

　だから、また出会ったときも一瞬で恋に落ちるんだろう。

「それまでは私のこと、ずっと見守ってて」

　棗くんが驚くくらい、幸せになってみせるから。

　だから、この命が終わるそのときは……。

今度は棗くん、きみが天使になって私を迎えにきてね。
　そして、私にもう一度……キスをして。
「約束だよ……誰よりも愛しい人」
　そう声をかけると、私はヒマワリを手に立ちあがる。
　きみが立ちどまる私を、私らしくないと言うのなら。
　この先の未来、きみに会えることを信じて、歩きだしてみよう。
　玄関までやってくると、扉の取っ手を握る。
　そしてひとつ深呼吸をして、噛みしめるように扉を開けはなった。
「いってきます！」
　私は振り返ることなく、元気にそう言った。
　背筋を伸ばして、太陽を見あげるヒマワリのように、顔を空へと向ける。
　目の前には門出にふさわしく、雲ひとつない青空が広がっていた。
『いってらっしゃい』
　そんな棗くんの声が聞こえた気がして、私は微笑む。
　いってきます、棗くん。
　そして、しっかりと大地を踏みしめるように、マンションをあとにした。
　きみと過ごした日々を胸に、未来での再会を信じて。

End.

文庫限定番外編

After story：もし奇跡が起きたなら

【棗side】

美羽と行ったヒマワリ畑で、倒れた翌日。

モルヒネの投与が始まったせいか、眠くてしかたない。

美羽や家族が面会に来る時間は、なるべくモルヒネを使わないようにお願いしていた。

けれど、痛みは空気を読んではくれないので、せっかく来てくれたのに一言も話せないこともあった。

『棗くん、早く起きて』

夢なのか、現実なのかもわからない世界に、誰かの声がこだまする。

誰だろう、聞き覚えがある気がする。

『もう、遅れちゃうよ』

あぁ……安心する声だな。

その声に耳を傾けると、俺の意識はグンッとどこかへ引っぱられる。

『もう、棗くん！』

『え……』

パッと目を開ければ、目の前には大人の女性がいた。

目を瞬かせていると、女性は頬をふくらませる。

『もう棗くん、仕事に行く時間でしょ』

『きみは……』

誰だ？

いや、よく見ると美羽にそっくりだ。

どうやら目の前にいるのは、大人になった美羽らしい。

『スーツ、クリーニングから返ってきたのがあるから、それ着てね』

にっこりと笑う美羽。

大人になった彼女は幼さも残しつつ、本当に綺麗な女性になっていた。

『ほら、起きて！』

美羽に手を引かれながら、俺はパジャマのままテーブルの前に腰をおろす。

周りを見渡せば、俺と美羽が暮らしていたマンションの部屋だった。

視線をテーブルに戻せば、目の前には厚切りハムにふわふわのスクランブルエッグ。

そして、トマトスープが湯気を立てて並んでいた。

これ……美羽がうちに来たばかりのときに、朝ご飯に作ってくれたメニューだ。

『おいしそうだな』

美羽の手料理は、魔法みたいだ。

俺はずっと食欲がなくて、無理やり食べようとすると嘔吐する、の繰り返しだった。

でも美羽のご飯だけは、不思議と食べたいって思えたんだよな……。

『棗くんにそう言ってもらえて、うれしい』

『あ……』

エプロン姿の美羽が、パッと弾けるような笑みを浮かべる。俺がいつも『おいしそう』と言うと、こんな風にうれしそうに笑ってたな。

美羽と結婚したら、こんな幸せな毎日があったのかもしれない。

そう思ったら、胸が切なくてしかたなかった。

『どうしたの？　元気ない？』

暗い顔でもしていたのか、美羽は俺の顔を心配そうにのぞきこんでくる。

『ううん、大丈夫。美羽がそばにいるなら、俺はいつだって元気だよ』

取りつくろうように笑えば、彼女は眉間にシワを寄せた。

あ、これは……。

あきらかに、怒ってる顔だ。

『いつもそうやって、本心を隠すんだから。私は棗くんの辛いって気持ちも共有したいんだよ』

『美羽……』

『ひとりで傷つかないで。私はそれがいちばん、悲しい』

泣きそうな顔をする美羽を、思わず抱きしめた。

その細い腕が俺の背中に回り、もっと強く引きよせる。

この温もりをいつか、手放さなくちゃいけないんだよな。

嫌だな……。

ずっと俺が守っていきたかった天使なのに。

『やっぱり様子がおかしいよ？　棗くん、どうしたの？』

きみは、俺がいなくなったあとの世界をどう生きていく

のかな。
　俺はこんな未来をきみと描いてた。
　特別なものなんていらない。
　ただ、毎日美羽といられればよかったんだ。
　きみも俺と同じ未来を見つめていたとしたら。
　俺を失ったきみは、ひとり泣くのかな。
　自分の死よりも、残していく彼女のことが心配だった。
『もし俺がさ、明日死んじゃうって言ったら、どうする？』
　彼女の問いには答えずに、質問を返した。
　すると美羽は、息を詰まらせる。
　そして、カタカタと震えだした。
『え、美羽？』
　少しだけ体を離して、彼女の顔を見ると……。
『どうして、そんなこと言うの？　そんなの、泣くに決まってるじゃんっ』
　大粒の涙をこぼして、美羽は泣いていた。
　それが、高校生の美羽の姿に重なって、俺は鼻がツンッと痛くなるのを感じる。
『ごめん、美羽……』
　ごめん、ずっとそばにいられなくて。
　ごめん、二度も大切な誰かを見送る痛みを味わわせて。
　ごめん、きみの未来に俺がいられなくて。
『だったら、ずっとそばにいてよっ』
　その言葉は、俺が倒れた日の夕方。
　ふと目が覚めたときに、俺に向かって美羽が言った言葉

だった。
　きみはそうやって、俺がいなくなったあとにひとりで泣くんだろうか。
　……泣くんだろうな。
　彼女は誰にも言えずに、自分の中に悲しみをためこんでしまう性格だから。
『でも、もし……棗くんがいなくなっちゃうとしたら』
　美羽は目に涙を浮かべて、俺を見つめる。
『私が笑って前を向けるように、ヒマワリとキス……ちょうだい。あ、あと手紙も』
『美羽はそれだけで……いいの？』
『残された私が、前を向けるおまじないをくれればいいの。だから私を置いていくなら、ちゃんと責任を取ってね』
　前を向けるおまじない……か。
　たしかに、ちゃんと責任を取らないと、「私を置いていくなんてひどいです」って美羽に怒られそうだ。
　俺は口もとに笑みを浮かべながら、美羽を抱きしめる。
『ありがとう、答えが見えた気がした』
　きみが、俺のいなくなった未来を自分の足で歩いていけるように。
　俺が美羽に残せるもの。
　それを頭に思い描くと、世界はまぶしいほどの光に包まれていく。

　大人の美羽の姿も見えなくなって、次に目を開けたとき

には、俺は見慣れた病室のベッドにいた。
「なんだ……夢だったのか」
　願望からか、大人になっても美羽と一緒に暮らしている夢を見ていたらしい。
　外は夏だというのに、紅葉狩りにでも来たかのような緋色に染まっている。
　もう、夕暮れか。
「美羽……」
　マンションで一緒に暮らしていた頃から、目が覚めるといちばんに見るのは美羽の顔だった。
　だから、姿が見えないと不安になる。
　この命はあまりにもか細くて、いつ消えてしまうかわからない。
　眠りに落ちるたびに、痛みが襲ってくるたびに、もう会えなかったらって思ってしまうんだ。
「俺、まだ死にたくないな……」
　美羽と出会わせてくれたこの病気には、感謝してる。
　でも人間って、それだけじゃ満足できなくて、その次を望んでしまう生き物なんだ。
　俺は美羽と気持ちが通じ合ったからこそ、もっと俺の知らない美羽を知りたいと思う。
　大学生の美羽も、成人した美羽も、おばあちゃんになった美羽も……。
「見たかったな、美羽との未来を……」
　そうつぶやいた俺の頬を、温かいなにかが伝う。

頬に触れれば、濡れていた。
「ああっ……なんでこんなに、苦しんだろう」
　胸を押さえて、声を押し殺すようにして泣く。
　死にたくない。
　なんで、俺じゃなきゃならなかったのか。
　どうして、美羽とずっと一緒にいられないのか。
　だけど、言葉にすれば、心が折れてしまうから。
　俺はなにも言わずに、ただ泣いた。
　言葉にできない想いが、涙になって流れているんじゃないかと思うほどに、止まらない。
　病気の痛みより、胸の痛みの方がずっと痛い。

　しばらくそうやって、ひとりで胸の痛みに耐えていると、ようやく落ちついてきた。
「しっかりしないとな……」
　俺は置いていく側の人間だから。
　残された家族や美羽は、これから先も俺の死を抱えて生きていかなきゃいけない。
　だから、俺は笑顔でいようと決めている。
　大切な人たちの記憶の中に、俺という存在が悲しい思い出として残らないように。
　できるだけ笑っていよう。
　俺は涙を手で拭い、切なさを胸に感じながら、ぼんやりと窓の外を眺める。
　するとふいに、病室の扉がカラカラと開いた。

「起きたの？　棗お兄ちゃん」
　杏がハンカチを手に、そばにやってくる。
「……杏か、来てたんだな」
「うん、お母さんとお父さんも来てるよ。今は一緒に売店に行ってる」
　杏はベッドサイドの丸椅子に腰かけると、こちらを心配そうに見つめた。
「美羽は？」
「一緒にトイレに行ったんだけど、先に戻っててって」
「そうか……杏、スマホ取ってくれるか？」
「うんっ」
　俺は杏からスマホを受け取ると、こっそり連絡を取っている真琴さんのアドレスを呼び出す。
　メールには、自分が死んだあとのことを書いた。
　1輪のヒマワリとメッセージカードを俺の部屋に置いてきてほしいこと。
　そして、部屋の鍵を、俺が死んだあとに美羽に渡してほしいことを伝えた。
「棗くん、目が覚めたんだね」
　メールを打ちおえた頃、トイレから美羽が帰ってきた。
　その目は赤く、ひとりで泣いていたんだとわかる。
　杏はまだ小学生なのに、気を利かせてか、「お母さんを迎えにいってくる」と病室を飛び出していった。
「ごめん、来てくれたのに寝てばっかで」
　美羽は俺が目を開けないから、不安だったんだろう。

泣かせることしかできなくて、やっぱり胸が痛くなる。
「ううん、こうして私に笑いかけてくれるだけで、うれしいから」
「美羽は欲がないよな」
「そうかな？　私は結構欲深いよ」
　そう言って、先ほどまで杏が座っていた丸椅子に腰をおろす。
　その表情は陰っていて、俺は目を伏せる。
　なんとなく、美羽も俺との未来を描いてくれていたのではないかと思った。
　こんな顔をさせてしまうことが、申しわけない。
　俺だって、欲深い。
　こうしてそばにいられるだけでも奇跡みたいなのに、あんな夢を見たりして……。
　もっと美羽と一緒にいたかった。
　美羽の恋人として。
　そして、いつかは結婚して、子供ができて……。
　美羽と未来を作っていけたなら、どんなに幸せだっただろうか。
「美羽、好きだよ」
　好きだと言った瞬間、美羽は瞳を揺らした。
　俺はそんな彼女の手を握って、もう一度伝える。
「好きだ」
「私だってっ、好きだよ」
　声を震わせながら、俺の手を両手で握りなおす美羽。

いつか、この手を握れなくなるそのときが来たら。
好きと言えなくなる日が来たら。
俺はきみに、前を向けるおまじないを残そう。
でも今は……。
　1日、1分、1秒でも長くきみといられるように、俺は奇跡を願い続ける。
　世界でいちばん大好きな女の子の、笑顔のために。

　　　　　　　　　　　　　　　After story End.

あとがき

こんにちは、涙鳴（るいな）です。
このたびは『この空の彼方にいるきみへ、永遠の恋を捧ぐ。』をお手に取ってくださり、ありがとうございました。

じつはこの作品、いざ書きはじめようと思ったときに、先に物語のラストが頭の中に思い浮かんだんです。
主人公が大切な人に二度と会えなくても、それでも笑顔で「いってきます」が言える強さ。
そこに読者の方が勇気をもらえるような作品にできれば、と執筆（しっぴつ）しました。

そこで考えたのが「強さ」ってなんだろう、ということでした。
私の話になってしまうのですが……。
高校生のときに私は父を亡くしていて、病気が発見されたときには余命１ヶ月でした。
私は悲しいより衝撃の方が強くて、最後の看取（みと）りの瞬間でようやく死を受け入れたという感じです。
そのあとはお通夜、お葬式が終わっても心が空っぽで、ひとりでお風呂に入っているときに勝手に涙が出てきたり。たぶん、心が壊れてしまっていたんだと思います。

でも父に置いてかれてしまったのは自分だけではなく、母や妹も同じ。
　最初は話題にも出せなかったのですが、部屋を片づけているときに見つけたアルバムがきっかけで、父との楽しい思い出について家族と話し合いました。
　そして、話しながらみんなで一緒に笑っているうちに、心が軽くなっていきました。
　人って、大切な人を失って、これでもかっていうほど絶望しても、誰かと支え合って前を向けるんです。
　もちろん時間はかかりますけど、もっと生きていたかっただろう大切な人のために、幸せにならなければと思えるんです。
　そこが人の強さなんだと思います。
　私の書籍化された作品で、ヒーローが亡くなってしまうのは今作が初めてだったので、見送る側のリアルな感情が伝わればと書かせていただきました。
　それが読者の方に届くといいな、と思います。

　最後になりますが、今作を書籍化できたのは応援してくださる読者のみなさまのおかげです！
　そして、担当の飯野さん、今作を担当してくださった本間さん、編集の渡辺さん、スターツ出版のみなさま。
　この本に携わってくださった、たくさんの人に感謝を込めて。

2018.04.25　涙鳴

この物語はフィクションです。

実在の人物、団体等とは一切関係がありません。

涙鳴先生への
ファンレターのあて先

〒104-0031
東京都中央区京橋1-3-1
八重洲口大栄ビル7F

スターツ出版(株)書籍編集部 気付
涙鳴先生

この空の彼方にいるきみへ、永遠の恋を捧ぐ。
2018年4月25日 初版第1刷発行

著　者	涙鳴
	©Ruina 2018
発行人	松島滋
デザイン	カバー　平林亜紀（micro fish）
	フォーマット　黒門ビリー&フラミンゴスタジオ
ＤＴＰ	朝日メディアインターナショナル株式会社
編　集	本間理央
	渡辺絵里奈
発行所	スターツ出版株式会社
	〒104-0031　東京都中央区京橋1-3-1　八重洲口大栄ビル7F
	ＴＥＬ　販売部03-6202-0386（ご注文等に関するお問い合わせ）
	http://starts-pub.jp/
印刷所	共同印刷株式会社

Printed in Japan

乱丁・落丁などの不良品はお取替えいたします。上記販売部までお問い合わせください。
本書を無断で複写することは、著作権法により禁じられています。
定価はカバーに記載されています。

ISBN 978-4-8137-0442-3　C0193

ケータイ小説文庫　2018年4月発売

『愛は溺死レベル』＊あいら＊・著

癒し系で純粋な杏は、入学した高校で芸能人級にカッコいい生徒会長・悠牙に出会う。悠牙はモテるけど彼女を作らないことで有名。しかし、杏は悠牙にいきなりキスされ、「俺の彼女になって」と言われる。なぜか杏だけを溺愛する悠牙に杏は戸惑うけど、思いがけない優しさに惹かれていって…!?
ISBN978-4-8137-0440-9
定価：本体590円＋税

ピンクレーベル

『暴走族くんと、同居はじめました。』Hoku＊・著

不良と曲がったことが大嫌いな高2の七彩。あるきっかけからヤンキーだらけの学校に転入し、暴走族「輝夜(カグヤ)」のイケメン総長・飛鳥に目をつけられてしまう。しかも住み込みバイトの居候先は、なんと飛鳥の家！「守ってやるよ」——俺様な飛鳥なんて、大嫌い…のはずだったのに!?
ISBN978-4-8137-0441-6
定価：本体590円＋税

ピンクレーベル

『新装版 地味子の秘密 VS 金色の女狐』牡丹杏・著

みつ編みにメガネの地味子として生活する杏樹は、妖怪を退治する陰陽師。妖怪退治の仕事で、モデルの付き人をすることに。すると、杏樹と内緒で付き合っている陸に、モデルのマリナが迫ってきた。その日からなぜか陸は杏樹の記憶をなくしてしまって…。大ヒット人気作の新装版、第2弾登場！
ISBN978-4-8137-0450-8
定価：本体630円＋税

ピンクレーベル

『瞳をとじれば、いつも君がそばにいた。』白いゆき・著

高1の未央は、姉・唯を好きな颯太に片思い中。やがて、未央は転校生の仁と距離を縮めていくが、何かと邪魔をしてくる唯。そして、不仲な両親。すべてが嫌いな未央は家を出る。その後、唯と仁の秘密を知り…。さまざまな困難を乗り越えていく主人公を描いた、残酷で切ない青春ラブストーリー。
ISBN978-4-8137-0443-0
定価：本体590円＋税

ブルーレーベル

ケータイ小説文庫　好評の既刊

『永遠なんてないこの世界で、きみと奇跡みたいな恋を。』涙鳴・著

心臓病の風花は、過保護な両親や入院生活に息苦しさを感じていた。高3の冬、手術を受けることになるが、自由な外の世界を知らないまま死にたくないと苦悩する。それを知った同じく心臓病のヤンキー・夏樹は、風花を病院から連れ出す。唯一の永遠を探す、二人の命がけの逃避行の行方は…？

ISBN978-4-8137-0389-1
定価：本体590円+税

ブルーレーベル

『世界から音が消えても、泣きたくなるほどキミが好きで。』涙鳴・著

高2の愛音は耳が聞こえない。ある日、太陽みたいに笑う少年・善と出会い、「そばにいたい」と言われるが、過去の過ちから自分が幸せになることは許されないと思い詰める。善もまた重い過去を背負っていて…。人気作家・涙鳴が初の書き下ろしで贈る、心に傷を負った二人の感動の再生物語！

ISBN978-4-8137-0291-7
定価：本体640円+税

ブルーレーベル

『涙のむこうで、君と永遠の恋をする。』涙鳴・著

幼い頃に両親が離婚し、母の彼氏から虐待を受けて育った高2の穂叶は、心の傷に苦しみ、自ら築いた心の檻に閉じこもるように生きていた。そんなある日、心優しい少年・渚に出会う。全てを受け入れてくれる彼に、穂叶は少しずつ心を開くようになり…。切なくも優しい恋に涙する感動作！

ISBN978-4-8137-0241-2
定価：本体590円+税

ブルーレーベル

『一番星のキミに恋するほどに切なくて。』涙鳴・著

急性白血病で余命3ヶ月と宣告された高2の夢月は、事故で両親も失っていて、全てに絶望し家出する。夜の街で危ない目にあうが、暴走族総長の蓮に助けられ、家においてもらうことに。一緒にいるうちに蓮を好きになってしまうけど、夢月には命の期限が迫っていて…。涙涙の命がけの恋！

ISBN978-4-8137-0151-4
定価：本体580円+税

ブルーレーベル

ケータイ小説文庫　2018年5月発売

『君に好きって言いたいけれど。』善生茉由佳・著

過去の出来事により傷を負った姫芽は、誰も信じることができず、孤独に過ごしていた。しかし、悪口を言われていたところを優しくてカッコいいけど、本命を作らないことで有名なチャラ男・光希に守られる。姫芽は光希に心を開いていくけど、光希には好きな人がいて…？　切甘な恋に胸キュン!!

ISBN978-4-8137-0458-4
予価：本体500円+税

ピンクレーベル

『この幼なじみ要注意。』みゅーな**・著

高2の美依は、隣に住む同い年の幼なじみ・知紘と仲が良い。マイペースでイケメンの知紘は、美依を抱き枕にしたり、おでこにキスしてきたり、かなりの自由人。そんなある日、知紘が女の子に告白されているのを目撃した美依。ただの幼なじみだと思っていたのに、なんだか胸が苦しくて…。

ISBN978-4-8137-0459-1
予価：本体500円+税

ピンクレーベル

『きみと、桜の降る丘で（仮）』桃風紫苑・著

高校生の朔はある日、病院から抜け出してきた少女・詞織と出会う。放っておけない雰囲気をまとった詞織に「友達になって」とお願いされ、一緒に時間を過ごす朔。儚くも強い詞織を好きになるけれど、詞織は重病に侵されていた。やがて惹かれ合うふたりに、お別れの日は近づいて…。

ISBN978-4-8137-0460-7
予価：本体500円+税

ブルーレーベル

『新装版 太陽みたいなキミ』永瑠・著

楽しく高校生活を送っていた麗紀。ある日病気が発覚して余命半年と宣告されてしまう。生きる意味見失った麗紀に光をくれたのは、同じクラスの和也だった。だけど、麗紀は和也や友達を傷つけないために、病気のことを隠したまま、突き放してしまい…。大号泣の感動作が、新装版で登場！

ISBN978-4-8137-0461-4
予価：本体500円+税

ブルーレーベル

書店店頭にご希望の本がない場合は、
書店にてご注文いただけます。